# Les deux amis de Bourbonne

Denis Diderot

Édition et mise en page : Culturea (Hérault, 34)
Retrouvez notre catalogue sur http://culturea.fr/
Contact : infos@culturea.fr
Imprimé en Allemagne par Books on Demand Gmbh
Design typographique et layout : Derek Murphy et Reedsy
ISBN : 9791041991167
Date de parution : Mars 2024

# Les deux amis de Bourbonne

Il y avait ici deux hommes qu'on pourrait appeler les Oreste et Pylade de Bourbonne. L'un se nommait Olivier, et l'autre Félix. Ils étaient nés le même jour, dans la même maison, et des deux sœurs ; ils avaient été nourris du même lait, car l'une des mères étant morte en couches, l'autre se chargea des deux enfants. Ils avaient été élevés ensemble, ils étaient toujours séparés des autres ; ils s'aimaient comme on existe, comme on vit, sans s'en douter ; ils le sentaient à tout moment, et ils ne se l'étaient peut-être jamais dit. Olivier avait une fois sauvé la vie à Félix, qui se piquait d'être grand nageur, et qui avait failli de se noyer. Ils ne s'en souvenaient ni l'un ni l'autre. Cent fois Félix avait tiré Olivier des aventures fâcheuses où son caractère impétueux l'avait engagé ; et jamais celui-ci n'avait songé à l'en remercier ; ils s'en retournaient ensemble à la maison, sans se parler, ou en parlant d'autre chose.

Lorsqu'on tira pour la milice, le premier billet fatal étant tombé sur Félix, Olivier dit : « L'autre est pour moi. » Ils firent leur temps de service, ils revinrent au pays ; plus chers l'un à l'autre qu'ils ne l'étaient auparavant, c'est ce que je ne saurais vous assurer : car, petit frère, si les bienfaits réciproques cimentent les amitiés réfléchies, peut-être ne font-ils rien à celles que j'appellerais volontiers des amitiés animales et domestiques. À l'armée, dans une rencontre, Olivier étant menacé d'avoir la tête fendue d'un coup de sabre, Félix se mit machinalement au-devant du coup, et en resta balafré. On prétend qu'il était fier de cette blessure : pour moi, je n'en crois rien. À Hastenbeck, Olivier avait retiré Félix d'entre la foule des morts où il était demeuré.

Quand on les interrogeait, ils parlaient quelquefois des secours qu'ils avaient reçus l'un de l'autre, jamais de ceux qu'ils avaient rendus l'un à l'autre. Olivier disait de Félix, Félix disait d'Olivier ; mais ils ne se louaient pas. Au bout de quelque temps de séjour au pays, ils aimèrent, et le hasard voulut que ce fût la même fille. Il n'y eut entre eux aucune rivalité ; le premier qui s'aperçut de la passion de son ami, se retira. Ce fut Félix. Olivier épousa ; et Félix, dégoûté de la vie sans savoir pourquoi, se précipita dans toutes sortes de métiers dangereux ; le dernier fut de se faire contrebandier. Vous n'ignorez pas, petit frère, qu'il y a quatre tribunaux en France, Caen, Reims, Valence et Toulouse, où les contrebandiers sont jugés ; et que le plus sévère des quatre, c'est celui de Reims, où préside un nommé Coleau, l'âme la plus féroce que la nature ait encore formée. Félix fut pris les armes à la main, conduit devant le terrible Coleau, et condamné à mort, comme cinq cents autres qui l'avaient précédé. Olivier apprit le sort de Félix. Une nuit, il se lève d'à côté de sa femme, et sans lui rien dire, il s'en va à Reims. Il s'adresse au juge Coleau, il se jette à ses pieds, et lui demande la grâce de voir et d'embrasser Félix. Coleau le regarde, se tait un moment, et lui fait signe de s'asseoir. Olivier s'assied. Au bout d'une demi-heure, Coleau tire sa montre et dit à Olivier : Si tu veux voir et embrasser ton ami vivant, dépêche-toi ; il est en chemin ; et si ma montre va bien, avant qu'il soit dix minutes il sera pendu. Olivier, transporté de fureur, se lève, décharge, sur la nuque du cou, au juge Coleau un énorme coup de bâton, dont il l'étend presque mort ; court vers la place, arrive, crie, frappe le bourreau, frappe les gens de la justice, soulève la populace indignée de ces exécutions.

Les pierres volent ; Félix délivré s'enfuit : Olivier songe à son salut ; mais un soldat de maréchaussée lui avait percé les flancs d'un coup de baïonnette, sans qu'il s'en fût aperçu. Il gagna la porte de la ville ; mais il ne put aller plus loin ; des voituriers charitables le jetèrent sur leur charrette, et le déposèrent à la porte de sa maison un moment avant qu'il expirât. Il n'eut que le temps de dire à sa femme : Femme, approche, que je t'embrasse ; je me meurs, mais le balafré est sauvé.

Un soir que nous allions à la promenade selon notre usage, nous vîmes au-devant d'une chaumière une grande femme debout avec quatre petits enfants à ses pieds ; sa contenance triste et ferme attira notre attention, et notre attention fixa la sienne. Après un moment de silence, elle nous dit : Voilà quatre petits enfants ; je suis leur mère, et je n'ai plus de mari. Cette manière haute de solliciter la commisération était bien faite pour nous toucher. Nous lui offrîmes nos secours, qu'elle accepta avec honnêteté. C'est à cette occasion que nous avons appris l'histoire de son mari Olivier, et de Félix son ami. Nous avons parlé d'elle, et j'espère que notre recommandation ne lui aura pas été inutile. Vous voyez, petit frère, que la grandeur d'âme et les hautes qualités sont de toutes les conditions et de tous les pays ; que tel meurt obscur, à qui il n'a manqué qu'un autre théâtre, et qu'il ne faut pas aller jusque chez les Iroquois pour trouver deux amis.

Dans le temps que le brigand Testalunga infestait la Sicile avec sa troupe, Romano, son ami et son confident, fut pris. C'était le lieutenant de Testalunga, et son second. Le père de ce Romano fut arrêté et emprisonné pour crimes.

On lui promit sa grâce et sa liberté, pourvu que Romano son fils trahit et livrât son chef Testalunga. Le combat entre la tendresse filiale et l'amitié jurée fut violent. Mais Romano père persuada son fils de donner la préférence à l'amitié, honteux de devoir la vie à une trahison. Romano fils se rendit à l'avis de son père. Romano père fut mis à mort ; et jamais les tortures les plus cruelles ne purent arracher de Romano fils la délation de ses complices.

Vous avez désiré, petit frère, de savoir ce qu'est devenu Félix, c'est une curiosité si simple, et le motif en est si louable, que nous nous sommes un peu reproché de ne l'avoir pas eue. Pour réparer cette faute, nous avons pensé d'abord à M. Papin, docteur en théologie et curé de Sainte-Marie à Bourbonne ; mais maman s'est ravisée, et nous avons donné la préférence au subdélégué Aubert, qui est un bon homme, bien rond, et qui nous a envoyé le récit suivant, sur la vérité duquel vous pouvez compter.

« Le nommé Félix vit encore. Échappé des mains de la justice de Reims, il se jeta dans les forêts de la province, dont il avait appris à connaître les tours et les détours pendant qu'il faisait la contrebande, cherchant à s'approcher peu à peu de la demeure d'Olivier, dont il ignorait le sort.

» Il y avait au fond d'un bois, où vous vous êtes promenée quelquefois, un charbonnier dont la cabane servait d'asile à ces sortes de gens ; c'était aussi l'entrepôt de leurs marchandises et de leurs armes. Ce fut là que Félix se rendit, non sans avoir couru le danger de tomber dans les embûches de la maréchaussée qui le suivait à la piste. Quelques-uns de ses associés y avaient porté la nouvelle de son emprisonnement à Reims ; et le charbonnier et la charbonnière le croyaient justicié, lorsqu'il leur apparut.

» Je vais vous raconter la chose, comme je la tiens de la charbonnière, qui est décédée ici il n'y a pas longtemps.

» Ce furent ses enfants, en rôdant autour de la cabane, qui le virent les premiers. Tandis qu'il s'arrêtait à caresser le plus jeune, dont il était le parrain, les autres entrèrent dans la cabane en criant : « Félix ! Félix ! » Le père et la mère sortirent en répétant le même cri de joie ; mais ce misérable était si harassé de fatigue et de besoin, qu'il n'eut pas la force de répondre, et qu'il tomba presque défaillant entre leurs bras.

» Ces bonnes gens le secoururent de ce qu'ils avaient ; lui donnèrent du pain et du vin, quelques légumes : il mangea et s'endormit.

» À son réveil, son premier mot fut : Olivier. Enfants, ne savez-vous rien d'Olivier ? Non, lui répondirent-ils. Il leur raconta l'aventure de Reims ; il passa la nuit et le jour suivant avec eux. Il soupirait ; il prononçait le nom d'Olivier ; il le croyait dans les prisons de Reims ; il voulait y aller ; il voulait aller mourir avec lui ; et ce ne fut pas sans peine que le charbonnier et la charbonnière le détournèrent de ce dessein.

» Sur le milieu de la seconde nuit, il prit un fusil, il mit un sabre sous son bras, et s'adressant à voix basse au charbonnier… Charbonnier !

— Félix !

— Prends ta cognée, et marchons.

— Où ?

— Belle demande ! chez Olivier.

— Ils vont. Mais tout en sortant de la forêt, les voilà enveloppés d'un détachement de maréchaussée.

» Je m'en rapporte à ce que m'en a dit la charbonnière ; mais il est inouï que deux hommes à pied aient pu tenir contre une vingtaine d'hommes à cheval : apparemment que ceux-ci étaient épars, et qu'ils voulaient se saisir de leur proie en vie. Quoi qu'il en soit, l'action fut très chaude ; il y eut cinq chevaux d'estropiés, et sept cavaliers de hachés ou sabrés. Le pauvre charbonnier resta mort sur la place d'un coup de feu à la tempe : Félix regagna la forêt ; et comme il est d'une agilité incroyable, il courait d'un endroit à l'autre ; en courant, il chargeait son fusil, tirait, donnait un coup de sifflet. Ces coups de sifflet, ces coups de fusil donnés, tirés à différents intervalles et de différents côtés, firent craindre aux cavaliers de maréchaussée qu'il n'y eût là une horde de contrebandiers et ils se retirèrent en diligence.

» Lorsque Félix les vit éloignés, il revint sur le champ de bataille ; il mit le cadavre du charbonnier sur ses épaules, et reprit le chemin de la cabane, où la charbonnière et ses enfants dormaient encore. Il s'arrête à la porte ; il étend le cadavre à ses pieds, et s'assied le dos appuyé contre un arbre, et le visage tourné vers l'entrée de la cabane. Voilà le spectacle qui attendait la charbonnière au sortir de sa baraque.

» Elle s'éveille ; elle ne trouve point son mari à côté d'elle ; elle cherche Félix des yeux ; point de Félix. Elle se lève ; elle sort ; elle voit ; elle crie ; elle tombe à la renverse. Ses enfants accourent, ils voient, ils crient ; ils se roulent sur leur père ; ils se roulent sur leur mère. La charbonnière, rappelée à elle-même par le tumulte et les cris de ses enfants, s'arrache les cheveux, se déchire les joues ; Félix immobile au pied de son arbre, les yeux fermés, la tête renversée en arrière, leur disait d'une voix éteinte : Tuez-moi. Il se faisait un moment de silence ; ensuite la douleur et les cris reprenaient, et Félix leur redisait : Tuez-moi ; enfants, par pitié, tuez-moi.

» Ils passèrent ainsi trois jours et trois nuits à se désoler ; le quatrième, Félix dit à la charbonnière : Femme, prends ton bissac, mets-y du pain, et suis-moi. Après un long circuit à travers nos montagnes et nos forêts, ils arrivèrent à la maison d'Olivier, qui est située, comme vous savez, à l'extrémité du bourg, à l'endroit où la voie se partage en deux routes, dont l'une conduit en Franche-Comté et l'autre en Lorraine.

» C'est là que Félix va apprendre la mort d'Olivier, et se trouver entre les veuves de deux hommes massacrés à son sujet. Il entre et dit brusquement à la femme Olivier : Où est Olivier ? Au silence de cette femme, à son vêtement, à ses pleurs, il comprit qu'Olivier n'était plus. Il se trouva mal ; il tomba, et se fendit la tête contre la huche à pétrir le pain. Les deux veuves le relevèrent ; son sang coulait sur elles ; et tandis qu'elles s'occupaient à l'étancher avec leur tabliers, il leur disait : Et vous êtes leurs femmes, et vous me secourez ! Puis il défaillait, puis il revenait, et disait en soupirant : Que ne me laissait-il ? Pourquoi s'en venir à Reims ? Pourquoi l'y laisser venir ?... Puis sa tête se perdait ; il entrait en fureur ; il se roulait à terre, et déchirait ses vêtements. Dans un de ces accès, il tira son sabre, et il allait s'en frapper ; mais les deux femmes se jetèrent sur lui, crièrent au secours ; les voisins accoururent. On le lia avec des cordes, et il fut saigné sept à huit fois ; sa fureur tomba avec l'épuisement de ses forces, et il resta comme mort pendant trois ou quatre jours, au bout desquels la raison lui revint. Dans le premier moment, il tourna ses yeux autour de lui, comme un homme qui sort d'un profond sommeil, et il dit : Où suis-je ? Femmes, qui êtes-vous ? La charbonnière lui répondit : Je suis la charbonnière. Il reprit : Ah ! oui, la charbonnière... Et vous ?... La femme Olivier se tut. Alors il se mit à pleurer, il se tourna du côté de la muraille, et dit en sanglotant : Je suis chez Olivier... ce lit est celui d'Olivier... et cette femme qui est là, c'était la sienne ! Ah !

» Ces deux femmes en eurent tant de soin, elles lui inspirèrent tant de pitié, elles le prièrent si instamment de vivre, elles lui remontrèrent d'une manière si touchante qu'il était leur unique ressource, qu'il se laissa persuader.

» Pendant tout le temps qu'il resta dans cette maison, il ne se coucha plus. Il sortait la nuit, il errait dans les champs, il se roulait sur la terre, il appelait Olivier ; une des femmes le suivait et le ramenait au point du jour.

» Plusieurs personnes le savaient dans la maison d'Olivier ; et parmi ces personnes il y en avait de mal intentionnées. Les deux veuves l'avertirent du péril qu'il courait. C'était une après-midi ; il était assis sur un banc, son sabre sur ses genoux, les coudes appuyés sur une table, et ses deux poings sur ses deux yeux. D'abord il ne répondit rien. La femme Olivier avait un garçon de dix-sept à dix-huit ans, la charbonnière une fille de quinze. Tout à coup il dit à la charbonnière : La charbonnière ! va chercher ta fille et amène-la ici. Il avait quelques fauchées de prés, il les vendit. La charbonnière revint avec sa fille : le fils d'Olivier l'épousa. Félix leur donna l'argent de ses prés, les embrassa, leur demanda pardon en pleurant ; et ils allèrent s'établir dans la cabane où ils sont encore, et où ils servent de père et de mère aux autres enfants. Les deux veuves demeurèrent ensemble ; et les enfants d'Olivier eurent un père et deux mères.

» Il y a à peu près un an et demi que la charbonnière est morte ; la femme d'Olivier la pleure encore tous les jours.

» Un soir qu'elles épiaient Félix, car il y en avait une des deux qui le gardait toujours à vue, elles le virent qui fondait en larmes ; il tournait en silence ses bras vers la porte qui le séparait d'elles, et il se remettait ensuite à faire son sac. Elles ne lui dirent rien, car elles comprenaient de reste combien son départ était nécessaire. Ils soupèrent tous les trois sans parler. La nuit, il se leva ; les femmes ne dormaient point ; il s'avança vers la porte sur la pointe des pieds. Là, il s'arrêta, regarda vers le lit des deux femmes, essuya ses yeux de ses mains, et sortit. Les deux femmes se serrèrent dans les bras l'une de l'autre, et passèrent le reste de la nuit à pleurer. On ignore où il se réfugia ; mais il n'y a guère eu de semaines où il ne leur ait envoyé quelque secours.

» La forêt où la fille de la charbonnière vit avec le fils d'Olivier, appartient à un M. Le Clerc de Rançonnières, homme fort riche, et seigneur d'un autre village de ces cantons, appelé Courcelles. Un jour que M. de Rançonnières ou de Courcelles, comme il vous plaira, faisait une chasse dans sa forêt, il arriva à la cabane du fils d'Olivier ; il y entra ; il se mit à jouer avec les enfants, qui sont jolis ; il les questionna ; la figure de la femme, qui n'est pas mal, lui revint ; le ton ferme du mari, qui tient beaucoup de son père, l'intéressa ; il apprit l'aventure de leurs parents ; il promit de solliciter la grâce de Félix ; il la sollicita et l'obtint.

» Félix passa au service de M. de Rançonnières, qui lui donna une place de garde-chasse.

» Il y avait environ deux ans qu'il vivait dans le château de Rançonnières, envoyant aux veuves une bonne partie de ses gages, lorsque l'attachement à son maître et la fierté de son caractère l'impliquèrent dans une affaire qui n'était rien dans son origine, mais qui eut les suites les plus fâcheuses.

» M. de Rançonnières avait pour voisin à Courcelles un M. Fourmont, conseiller au présidial de Lh… Les deux maisons n'étaient séparées que par une borne. Cette borne gênait la porte de M. de Rançonnières, et en rendait l'entrée difficile aux voitures. M. de Rançonnières la fit reculer de quelques pieds du côté de M. Fourmont ; celui-ci renvoya la borne d'autant sur M. de Rançonnières ; et puis voilà de la haine, des insultes, un procès entre les deux voisins. Le procès de la borne en suscita deux ou trois autres plus considérables.

Les choses en étaient là, lorsqu'un soir M. de Rançonnières, revenant de la chasse, accompagné de son garde Félix, fit rencontre sur le grand chemin de M. Fourmont le magistrat et de son frère le militaire. Celui-ci dit à son frère : Mon frère, si l'on coupait le visage à ce vieux bouc-là, qu'en pensez-vous ? Ce propos ne fut pas entendu de M. de Rançonnières ; mais il le fut malheureusement de Félix, qui s'adressant fièrement au jeune homme, lui dit : Mon officier, seriez-vous assez brave pour vous mettre seulement en devoir de faire ce que vous avez dit ? Au même instant, il pose son fusil à terre et met la main sur la garde de son sabre ; car il n'allait jamais sans son sabre. Le jeune militaire tire son épée, s'avance sur Félix ; M. de Rançonnières accourt, s'interpose, saisit son garde. Cependant le militaire s'empare du fusil qui était à terre, tire sur Félix, le manque ; celui-ci riposte d'un coup de sabre, fait tomber l'épée de la main au jeune homme, et avec l'épée la moitié du bras : et voilà un procès criminel en sus de trois ou quatre procès civils ; Félix confiné dans les prisons, une procédure effrayante, et à la suite de cette procédure un magistrat dépouillé de son état et presque déshonoré, un militaire exclu de son corps, M. de Rançonnières mort de chagrin, et Félix, dont la détention durait toujours, exposé à tout le ressentiment des Fourmont. Sa fin eût été malheureuse, si l'amour ne l'eût secouru. La fille du geôlier prit de la passion pour lui, et facilita son évasion. Si cela n'est pas vrai, c'est du moins l'opinion publique. Il s'en est allé en Prusse, où il sert aujourd'hui dans le régiment des gardes. On dit qu'il y est aimé de ses camarades, et même connu du roi. Son nom de guerre est le Triste. La veuve Olivier m'a dit qu'il continuait à la soulager.

» Voilà, madame, tout ce que j'ai pu recueillir de l'histoire de Félix. Je joins à mon récit une lettre de M. Papin, notre curé : je ne sais ce qu'elle contient ; mais je crains bien que le pauvre prêtre, qui a la tête un peu étroite et le cœur assez mal tourné, ne vous parle d'Olivier et de Félix d'après ses préventions. Je vous conjure, madame, de vous en tenir aux faits, sur la vérité desquels vous pouvez compter, et à la bonté de votre cœur, qui vous conseillera mieux que le premier casuiste de Sorbonne, qui n'est pas M. Papin. »

LETTRE
De M. PAPIN, docteur en théologie,
et curé de Sainte-Marie, à Bourbonne.

J'ignore, madame, ce que M. le subdélégué a pu vous conter d'Olivier et de Félix, ni quel intérêt vous pouvez prendre à deux brigands, dont tous les pas dans ce monde ont été trempés de sang. La Providence qui a châtié l'un, a laissé à l'autre quelque moment de répit, dont je crains bien qu'il ne profite pas. Mais que la volonté de Dieu soit faite ! Je sais qu'il y a des gens ici, et je ne serais point étonné que M. le subdélégué fût de ce nombre, qui parlent de ces deux hommes comme de modèles d'une amitié rare. Mais qu'est-ce aux yeux de Dieu que la plus sublime vertu dénuée des sentiments de la piété, du respect dû à l'Église et à ses ministres, et de la soumission à la loi du souverain ? Olivier est mort à la porte de sa maison, sans sacrements. Quand je fus appelé auprès de Félix, chez les deux veuves, je n'en pus jamais tirer autre chose que le nom d'Olivier ; aucun signe de religion, aucune marque de repentir.

Je n'ai pas mémoire que celui-ci se soit présenté une fois au tribunal de la pénitence. La femme Olivier est une arrogante qui m'a manqué en plus d'une occasion. Sous prétexte qu'elle sait lire et écrire, elle se croit en état d'élever ses enfants ; et on ne les voit ni aux écoles de la paroisse, ni à mes instructions. Que madame juge, d'après cela, si des gens de cette espèce sont bien dignes de ses bontés ! L'évangile ne cesse de nous recommander la commisération pour les pauvres ; mais on double le mérite de sa charité par un bon choix des misérables, et personne ne connaît mieux les vrais indigents que le pasteur commun des indigents et des riches. Si madame daignait m'honorer de sa confiance, je placerais peut-être les marques de sa bienfaisance d'une manière plus utile pour les malheureux, et plus méritoire pour elle.

Je suis avec respect, etc.

Madame de *** remercia M. le subdélégué Aubert de son attention, et envoya ses aumônes à M. Papin, avec le billet qui suit :

« Je vous suis très obligée, monsieur, de vos sages conseils. Je vous avoue que l'histoire de ces deux hommes m'avait touchée ; et vous conviendrez que l'exemple d'une amitié aussi rare était bien fait pour séduire une âme honnête et sensible. Mais vous m'avez éclairée, et j'ai conçu qu'il valait mieux porter ses secours à des vertus chrétiennes et malheureuses, qu'à des vertus naturelles et païennes. Je vous prie d'accepter la somme modique que je vous envoie, et de la distribuer d'après une charité mieux entendue que la mienne.

J'ai l'honneur d'être, etc. »

On pense bien que la veuve Olivier et Félix n'eurent aucune part aux aumônes de Mme de ***. Félix mourut ; et la pauvre femme aurait péri de misère avec ses enfants, si elle ne s'était réfugiée dans la forêt, chez son fils aîné, où elle travaille, malgré son grand âge, et subsiste comme elle peut à côté de ses enfants et de ses petits-enfants.

Et puis il y a trois sortes de contes… Il y en a bien davantage, me direz-vous… À la bonne heure… Mais je distingue le conte à la manière d'Homère, de Virgile, du Tasse, et je l'appelle le conte merveilleux. La nature y est exagérée ; la vérité y est hypothétique ; et si le conteur a bien gardé le module qu'il a choisi, si tout répond à ce module et dans les actions, et dans les discours, il a obtenu le degré de perfection que le genre de son ouvrage comportait, et vous n'avez rien de plus à lui demander. En entrant dans son poème, vous mettez le pied dans une terre inconnue, où rien ne se passe comme dans celle que vous habitez, mais où tout se fait en grand comme les choses se font autour de vous en petit… Il y a le conte plaisant à la façon de La Fontaine, de Vergier, de l'Arioste, d'Hamilton, où le conteur ne se propose ni l'imitation de la nature, ni la vérité, ni l'illusion ; il s'élance dans les espaces imaginaires. Dites à celui-ci : Soyez gai, ingénieux, varié, original, même extravagant, j'y consens ; mais séduisez-moi par les détails ; que le charme de la forme me dérobe toujours l'invraisemblance du fond ; et si ce conteur fait ce que vous en exigez ici, il a tout fait…

Il y a enfin le conte historique, tel qu'il est écrit dans les nouvelles de Scarron, de Cervantès, etc. Au diable le conte et le conteur historiques ! C'est un menteur plat et froid… Oui, s'il ne sait pas son métier.

Celui-ci se propose de vous tromper, il est assis au coin de votre âtre ; il a pour objet la vérité rigoureuse ; il veut être cru : il veut intéresser, toucher, entraîner, émouvoir, faire frissonner la peau et couler les larmes ; effets qu'on n'obtient point sans éloquence et sans poésie. Mais l'éloquence est une source de mensonge, et rien de plus contraire à l'illusion que la poésie ; l'une et l'autre exagèrent, surfont, amplifient, inspirent la méfiance. Comment s'y prendra donc ce conteur-ci pour vous tromper ? Le voici : il parsèmera son récit de petites circonstances si liées à la chose, de traits si simples, si naturels, et toutefois si difficiles à imaginer, que vous serez forcé de vous dire en vous-même : Ma foi, cela est vrai ; on n'invente pas ces choses-là. C'est ainsi qu'il sauvera l'exagération de l'éloquence et de la poésie ; que la vérité de la nature couvrira le prestige de l'art, et qu'il satisfera à deux conditions qui semblent contradictoires, d'être en même temps historien et poète, véridique et menteur. Un exemple emprunté d'un autre art rendra peut-être plus sensible ce que je veux vous dire. Un peintre exécute sur la toile une tête ; toutes les formes en sont fortes, grandes et régulières ; c'est l'ensemble le plus parfait et le plus rare. J'éprouve, en le considérant, du respect, de l'admiration, de l'effroi ; j'en cherche le modèle dans la nature, et ne l'y trouve pas ; en comparaison tout y est faible, petit et mesquin ; c'est une tête idéale, je le sens, je me le dis… Mais que l'artiste me fasse apercevoir au front de cette tête une cicatrice légère, une verrue à l'une de ses tempes, une coupure imperceptible à la lèvre inférieure, et d'idéale qu'elle était, à l'instant la tête devient un portrait ; une marque de petite vérole au coin de l'œil ou à côté du nez, et ce visage de femme n'est plus celui de Vénus ; c'est le portrait de quelqu'une de mes voisines.

Je dirai donc à nos conteurs historiques : Vos figures sont belles, si vous voulez ; mais il y manque la verrue à la tempe, la coupure à la lèvre, la marque de petite vérole à côté du nez qui les rendraient vraies ; et, comme disait mon ami Cailleau, un peu de poussière sur mes souliers, et je ne sors pas de ma loge, je reviens de la campagne.

Atque ita mentitur, sic veris falsa remiscet,

Primo ne medium, medio ne discrepet imum.

HOR. Art poet., v. 151.

Et puis un peu de morale après un peu de poétique, cela va si bien ! Félix était un gueux qui n'avait rien ; Olivier était un autre gueux qui n'avait rien : dites-en autant du charbonnier, de la charbonnière et des autres personnages de ce conte, et concluez qu'en général il ne peut guère y avoir d'amitiés entières et solides qu'entre des hommes qui n'ont rien : un homme alors est toute la fortune de son ami, et son ami est toute la sienne. De là la vérité de l'expérience que le malheur resserre les liens, et la matière d'un petit paragraphe de plus pour la première édition du livre de l'esprit.

# Ceci n’est pas un conte

Lorsqu’on fait un conte, c’est à quelqu’un qui l’écoute ; et pour peu que le conte dure, il est rare que le conteur ne soit pas interrompu quelquefois par son auditeur. Voilà pourquoi j’ai introduit dans le récit qu’on va lire, et qui n’est pas un conte ou qui est un mauvais conte, si vous vous en doutez, un personnage qui fasse à peu près le rôle du lecteur ; et je commence.

***

Et vous concluez de là ?

— Qu’un sujet aussi intéressant devait mettre toutes les têtes en l’air, défrayer pendant un mois tous les cercles de la ville ; y être tourné et retourné jusqu’à l’insipidité, fournir à mille disputes, à vingt brochures au moins et à quelques centaines de pièces de vers pour et contre ; et qu’en dépit de toute la finesse, de toutes les connaissances, de tout l’esprit de l’auteur, puisque son ouvrage n’a excité aucune fermentation violente, il est médiocre, et très médiocre.

— Mais il me semble que nous lui devons pourtant une soirée assez agréable, et que cette lecture a amené…

— Quoi ? Une litanie d’historiettes usées qu’on se décochait de part et d’autre et qui ne disaient qu’une chose connue de toute éternité, c’est que l’homme et la femme sont deux bêtes très malfaisantes.

— Cependant l’épidémie vous a gagné, et vous avez payé votre écot tout comme un autre.

— C’est que bon gré, malgré qu’on en ait, on se prête au ton donné ; qu'en entrant dans une société, on arrange à la porte d'un appartement jusqu'à sa physionomie sur celles qu'on voit ; qu'on contrefait le plaisant quand on est triste ; le triste quand on serait tenté d'être plaisant ; qu'on ne veut être étranger à quoi que ce soit ; que le littérateur politique ; que le politique métaphysique ; que le métaphysicien moralise ; que le moraliste parle finance ; le financier, belles-lettres ou géométrie ; que, plutôt que d'écouter ou se taire, chacun bavarde de ce qu'il ignore, et que tous s'ennuient par sotte vanité ou par politesse.

— Vous avez de l'humeur.

— À mon ordinaire.

— Et je crois qu'il est à propos que je réserve mon historiette pour un moment plus favorable.

— C'est-à-dire que vous attendrez que je n'y sois pas.

— Ce n'est pas cela.

— Ou que vous craignez que je n'aie moins d'indulgence pour vous tête à tête que je n'en aurais pour un indifférent en société.

— Ce n'est pas cela.

— Ayez donc pour agréable de me dire ce que c'est.

— C'est que mon historiette ne prouve pas plus que celles qui vous ont excédé.

— Eh ! dites toujours.

— Non, non, vous en avez assez.

— Savez-vous que de toutes les manières qu'ils ont de me faire enrager, la vôtre m'est la plus antipathique ?

— Et quelle est la mienne ?

— Celle d'être prié de la chose que vous mourez de faire. Eh bien ! mon ami, je vous prie, je vous supplie de vouloir bien vous satisfaire.

— Me satisfaire !

— Commencez, pour Dieu, commencez.

— Je tâcherai d'être court.

— Cela n'en sera pas plus mal.

— Ici, un peu par malice, je toussai, je crachai, je pris mon mouchoir, je me mouchai, j'ouvris ma tabatière, je pris une prise de tabac, et j'entendais mon homme qui disait entre ses dents : si l'histoire est courte, les préliminaires sont longs. Il me prit envie d'appeler un domestique sous prétexte de quelque commission ; mais je n'en fis rien, et je dis.

Ceci n'est pas un conte

Il faut avouer qu'il y a des hommes bien bons et des femmes bien méchantes.

— C'est ce qu'on voit tous les jours et quelquefois sans sortir de chez soi. Après.

— Après ? J'ai connu une Alsacienne belle, mais belle à faire accourir les vieillards et à arrêter tout court les jeunes gens.

— Et moi aussi, je l'ai connue, elle s'appelait Mme Reymer.

— Il est vrai. Un nouveau débarqué de Nancy, appelé Tanié, en devint éperdument amoureux. Il était pauvre. C'était un de ces enfants perdus que la dureté des parents qui ont une famille nombreuse chasse de la maison et qui se jettent dans le monde sans savoir ce qu'ils deviendront, par un instinct qui leur dit qu'ils n'y auront pas un sort pire que celui qu'ils fuient. Tanié, amoureux de Mme Reymer, exalté par une passion qui soutenait son courage et ennoblissait à ses yeux toutes ses actions, se soumettait sans répugnance aux plus pénibles et aux plus viles, pour soulager la misère de son amie. Le jour, il allait travailler sur les ports ; à la chute du jour, il mendiait dans les rues.

— Cela était fort beau, mais cela ne pouvait durer.

— Aussi Tanié, las ou de lutter contre le besoin, ou plutôt de retenir dans l'indigence une femme charmante obsédée d'hommes opulents qui la pressaient de chasser ce gueux de Tanié…

— Ce qu'elle aurait fait quinze jours, un mois plus tard.

— et d'accepter leurs richesses, résolut de la quitter et d'aller tenter la fortune au loin. Il sollicite, il obtient son passage sur un vaisseau de roi. Le moment de son départ est venu ; il va prendre congé de Mme Reymer. Mon amie, lui dit-il, je ne saurais abuser plus longtemps de votre tendresse. J'ai pris mon parti, je m'en vais. « Vous vous en allez ! » Oui. « Et où allez-vous ? » Aux Îles. Vous êtes digne d'un autre sort, et je ne saurais l'éloigner plus longtemps.

— Le bon Tanié !

— « Et que voulez-vous que je devienne ? »

— La traîtresse !

— Vous êtes environnée de gens qui cherchent à vous plaire. Je vous rends vos promesses. Je vous rends vos serments. Voyez celui d'entre ces prétendants qui vous est le plus agréable. Acceptez-le, c'est moi qui vous en conjure. « Ah ! Tanié, c'est vous qui me proposez »…

— Je vous dispense de la pantomime de Mme Reymer ; je la vois, je la sais.

— En m'éloignant, la seule grâce que j'exige de vous, c'est de ne former aucun engagement qui nous sépare à jamais. Jurez-le-moi, ma belle amie. Quelle que soit la contrée de la terre que j'habiterai, il faudra que j'y sois bien malheureux s'il se passe une année sans vous donner des preuves certaines de mon tendre attachement. Ne pleurez pas.

— Elles pleurent toutes quand elles veulent.

— Et ne combattez pas un projet que les reproches de mon cœur m'ont enfin inspiré, et auquel ils ne tarderaient pas à me ramener. Et voilà Tanié parti pour Saint-Domingue.

— Et parti tout à temps pour Mme Reymer et pour lui.

— Qu'en savez-vous ?

— Je sais, tout aussi bien qu'on peut le savoir, que quand Tanié lui conseilla de faire un choix, il était fait.

— Bon !

— Continuez votre récit.

— Tanié avait de l'esprit et une grande aptitude aux affaires. Il ne tarda pas d'être connu. Il entra au Conseil souverain du Cap. Il s'y distingua par ses lumières et par son équité. Il n'ambitionnait pas une grande fortune, il ne la désirait qu'honnête et rapide. Chaque année il en envoyait une portion à Mme Reymer. Il revint au bout…

— De neuf à dix ans. Non, je ne crois pas que son absence ait été plus longue.

— Présenter à son amie un petit portefeuille qui renfermait le produit de ses vertus et de ses travaux.

— Et heureusement pour Tanié, ce fut au moment où elle venait de se séparer du dernier des successeurs de Tanié.

— Du dernier ?

— Oui.

— Elle en avait donc eu plusieurs ?

— Assurément. Allez, allez.

— Mais je n'ai peut-être rien à vous dire que vous ne sachiez mieux que moi.

— Qu'importe, allez toujours.

— Mme Reymer et Tanié occupaient un assez beau logement rue Sainte-Marguerite, à ma porte. Je faisais grand cas de Tanié, et je fréquentais sa maison qui était, sinon opulente, du moins fort aisée.

— Je puis vous assurer, moi, sans avoir compté avec la Reymer, qu'elle avait mieux de quinze mille livres de rente avant le retour de Tanié.

— À qui elle dissimulait sa fortune ?

— Oui.

— Et pourquoi ?

— Parce qu'elle était avare et rapace.

— Passe pour rapace, mais avare ! Une courtisane avare ! Il y avait cinq à six ans que ces deux amants vivaient dans la meilleure intelligence.

— Grâce à l'extrême finesse de l'un et à la confiance sans bornes de l'autre.

— Oh ! il est vrai qu'il était impossible à l'ombre d'un soupçon d'entrer dans une âme aussi pure que celle de Tanié. La seule chose dont je me sois quelquefois aperçu, c'est que Mme Reymer avait bientôt oublié sa première indigence ; qu'elle était tourmentée de l'amour du faste et de la richesse ; qu'elle était humiliée qu'une aussi belle femme allât à pied.

— Que n'allait-elle en carrosse ?

— Et que l'éclat du vice lui en dérobait la bassesse. Vous riez ?... Ce fut alors que M. de Maurepas fonda le projet d'établir au Nord une maison de commerce. Le succès de cette entreprise demandait un homme actif et intelligent. Il jeta les yeux sur Tanié à qui il avait confié la conduite de plusieurs affaires importantes pendant son séjour au Cap, et qui s'en était toujours acquitté à la satisfaction du ministre. Tanié fut désolé de cette marque de distinction ; il était si content, si heureux à côté de sa belle amie ; il était ou se croyait aimé.

— C’est bien dit.

— Qu’est-ce que l’or pouvait ajouter à son bonheur ? Rien. Cependant le ministre insistait, il fallait se déterminer, il fallait s’ouvrir à Mme Reymer.

J’arrivai chez lui précisément sur la fin de cette scène fâcheuse. Le pauvre Tanié fondait en larmes. Qu’avez-vous donc, lui dis-je, mon ami ? Il me dit en sanglotant : C’est cette femme ! Mme Reymer travaillait tranquillement à un métier de tapisserie. Tanié se leva brusquement et sortit. Je restai seul avec son amie qui ne me laissa pas ignorer ce qu’elle qualifiait de la déraison de Tanié. Elle m’exagéra la modicité de son état ; elle mit à son plaidoyer tout l’art dont un esprit délié sait pallier les sophismes de l’ambition. « De quoi s’agit-il ? D’une absence de deux ou trois ans au plus. » C’est bien du temps pour un homme que vous aimez et qui vous aime autant que lui. « Lui, il m’aime ! S’il m’aimait, balancerait-il à me satisfaire ? » Mais, madame, que ne le suivez-vous ? « Moi, je ne vais point là, et tout extravagant qu’il est, il ne s’est point avisé de me le proposer. Doute-t-il de moi ? » Je n’en crois rien. « Après l’avoir attendu pendant douze ans, il peut bien s’en reposer deux ou trois sur ma bonne foi. Monsieur, c’est que c’est une de ces occasions singulières qui ne se présentent qu’une fois dans la vie, et je ne veux pas qu’il ait un jour à se repentir et à me reprocher peut-être de l’avoir manquée. » Tanié ne regrettera rien, tant qu’il aura le bonheur de vous plaire. « Cela est fort honnête, mais soyez sûr qu’il sera très content d’être riche, quand je serai vieille. Le travers des femmes est de ne jamais penser à l’avenir ; ce n’est pas le mien »… Le ministre était à Paris ; de la rue Sainte-Marguerite à son hôtel, il n’y avait qu’un pas. Tanié y était allé et s’était engagé. Il rentra l’oeil sec, mais l’âme serrée. Madame, lui dit-il, j’ai vu M. de Maurepas ; il a ma parole, je m’en irai, je m’en irai et vous serez satisfaite.

« Ah ! mon ami !… » Mme Reymer écarte son métier, s’élance vers Tanié, jette ses bras autour de son cou, l’accable de caresses et de propos doux. « Ah ! c’est pour cette fois que je vois que je vous suis chère ! » Tanié lui répondit froidement : Vous voulez être riche.

— Elle l’était, la coquine, dix fois plus qu’elle ne méritait.

— Et vous le serez. Puisque c'est l'or que vous aimez, il faut aller vous chercher de l'or. C'était le mardi, et le ministre avait fixé son départ au vendredi sans délai. J'allai lui faire mes adieux au moment où il luttait avec lui-même, où il tâchait de s'arracher des bras de la belle, indigne et cruelle Reymer. C'était un désordre d'idées, un désespoir, une agonie dont je n'ai jamais vu un second exemple. Ce n'était pas de la plainte, c'était un long cri. Mme Reymer était encore au lit ; il tenait une de ses mains. Il ne cessait de dire et de répéter : Cruelle femme ! Femme cruelle ! Que te faut-il de plus que l'aisance dont tu jouis, et un ami, un amant tel que moi ? J'ai été lui chercher la fortune dans les contrées brûlantes de l'Amérique, elle veut que j'aille la lui chercher encore au milieu des glaces du Nord. Mon ami, je sens que cette femme est folle, je sens que je suis un insensé ; mais il m'est moins affreux de mourir que de la contrister. Tu veux que je te quitte, je vais te quitter. Il était à genoux au bord de son lit, la bouche collée sur sa main et le visage caché dans les couvertures qui, en étouffant son murmure, ne le rendaient que plus triste et plus effrayant. La porte de la chambre s'ouvrit, il releva brusquement la tête ; il vit le postillon qui venait lui annoncer que les chevaux étaient à la chaise. Il fit un cri et recacha son visage sous les couvertures.

Après un moment de silence, il se leva ; il dit à son amie : Embrassez-moi, madame ; embrasse-moi encore une fois, car tu ne me verras plus. Son pressentiment n'était que trop vrai. Il partit ; il arriva à Pétersbourg, et trois jours après, il fut attaqué d'une fièvre dont il mourut le quatrième.

— Je savais tout cela.

— Vous avez peut-être été un des successeurs de Tanié ?

— Vous l'avez dit, et c'est avec cette belle abominable que j'ai dérangé mes affaires.

— Ce pauvre Tanié !

— Il y a des gens dans le monde qui vous diraient que c'est un sot.

— Je ne le défendrai pas, mais je souhaiterais au fond de mon cœur que leur mauvais destin les adresse à une femme aussi belle et aussi artificieuse que Mme Reymer.

— Vous êtes cruel dans vos vengeances.

— Et puis s'il y a des femmes très méchantes et des hommes très bons, il y a aussi des femmes très bonnes et des hommes très méchants ; et ce que je vais ajouter n'est pas plus un conte que ce qui précède.

— J'en suis convaincu.

***

M. d'Hérouville…

— Celui qui vit encore, le Lieutenant général des armées du Roi, celui qui épousa cette charmante créature appelée Lolotte ?

— Lui-même.

— C'est un galant homme, ami des sciences.

— Et des savants. Il s'est longtemps occupé d'une histoire générale de la guerre dans tous les siècles et chez toutes les nations.

— Le projet est vaste.

— Pour le remplir, il avait appelé autour de lui quelques jeunes gens d'un mérite distingué, tels que M. de Montucla, l'auteur de l'histoire des mathématiques.

— Diable ! En avait-il beaucoup de cette force-là ?

— Mais celui qui se nommait Gardeil, le héros de l'aventure que je vais vous raconter, ne lui cédait guère dans sa partie.

Une fureur commune pour l'étude de la langue grecque commença entre Gardeil et moi une liaison que le temps, la réciprocité des conseils, le goût de la retraite, et surtout la facilité de se voir, conduisirent à une assez grande intimité.

— Vous demeuriez alors à l'Estrapade.

— Lui, rue Saint-Hyacinthe, et son amie, Mlle de La Chaux, place Saint-Michel. Je la nomme de son propre nom, parce que la pauvre malheureuse n'est plus, parce que sa vie ne peut que l'honorer dans tous les esprits bien faits, et lui mériter l'admiration, les regrets et les larmes de ceux que la nature aura favorisés, ou punis d'une petite portion de la sensibilité de son âme.

— Mais votre voix s'entrecoupe, et je crois que vous pleurez.

— Il me semble encore que je vois ses grands yeux noirs, brillants et doux, et que le son de sa voix touchante retentisse dans mon oreille et trouble mon cœur. Créature charmante ! Créature unique ! Tu n'es plus ! Il y a près de vingt ans que tu n'es plus, et mon cœur se serre encore à ton souvenir.

— Vous l'avez aimée ?

— Non. Ô La Chaux ! Ô Gardeil ! Vous fûtes l'un et l'autre deux prodiges, vous de la tendresse de la femme, vous de l'ingratitude de l'homme. Mlle de La Chaux était d'une famille honnête ; elle quitta ses parents pour se jeter entre les bras de Gardeil. Gardeil n'avait rien ; Mlle de La Chaux jouissait de quelque bien, et ce bien fut entièrement sacrifié aux besoins et aux fantaisies de Gardeil. Elle ne regretta ni sa fortune dissipée, ni son honneur flétri ; son amant lui tenait lieu de tout.

— Ce Gardeil était donc bien séduisant, bien aimable ?

— Point du tout. Un petit homme bourru, taciturne et caustique, le visage sec, le teint basané, en tout une figure mince et chétive ; laid, si un homme peut l'être avec la physionomie de l'esprit.

— Et voilà ce qui avait renversé la tête à une fille charmante ?

— Et cela vous surprend ?

— Toujours.

— Vous ?

— Moi.

— Mais vous ne vous rappelez donc plus votre aventure avec la Deschamps et le profond désespoir où vous tombâtes lorsque cette créature vous ferma sa porte ?

— Laissons cela ; continuez.

— Je vous disais : Elle est donc bien belle, et vous me répondiez tristement : Non. Elle a donc bien de l'esprit ? C'est une sotte. Ce sont donc ses talents qui vous entraînent ? Elle n'en a qu'un. Et ce rare, ce sublime, ce merveilleux talent ? C'est de me rendre plus heureux entre ses bras que je ne le fus jamais entre les bras d'aucune autre femme.

— Mais Mlle de La Chaux ?

— L'honnête, la sensible Mlle de La Chaux se promettait secrètement, d'instinct, à son insu, le bonheur que vous connaissiez et qui vous faisait dire de la Deschamps : Si cette malheureuse, si cette infâme s'obstine à me chasser de chez elle, je prends un pistolet et je me brise la cervelle dans son antichambre. L'avez-vous dit ou non ?

— Je l'ai dit, et même à présent, je ne sais pourquoi je ne l'ai pas fait.

— Convenez donc.

— Je conviens de tout ce qu'il vous plaira.

— Mon ami, le plus sage d'entre nous est bien heureux de n'avoir pas rencontré la femme belle ou laide, spirituelle ou sotte, qui l'aurait rendu fou à enfermer aux petites maisons. Plaignons beaucoup les hommes, blâmons-les sobrement, regardons nos années passées comme autant de moments dérobés à la méchanceté qui nous suit ; et ne pensons jamais qu'en tremblant à la violence de certains attraits de nature, surtout pour les âmes chaudes et les imaginations ardentes. L'étincelle qui tombe fortuitement sur un baril de poudre ne produit pas un effet plus terrible. Le doigt prêt à secouer sur vous ou sur moi cette fatale étincelle, est peut-être levé.

M. d'Hérouville, jaloux d'accélérer son ouvrage, excédait de fatigue ses coopérateurs. La santé de Gardeil en fut altérée. Pour alléger sa tâche, Mlle de La Chaux apprit l'hébreu, et tandis que son ami reposait, elle passait une partie de la nuit à interpréter et transcrire des lambeaux d'auteurs hébreux. Le temps de dépouiller les auteurs grecs arriva ; Mlle de La Chaux se hâta de se perfectionner dans cette langue dont elle avait déjà quelque teinture, et tandis que Gardeil dormait, elle était occupée à traduire et à copier des passages de Xénophon et de Thucydide. À la connaissance du grec et de l'hébreu elle joignit celle de l'italien et de l'anglais. Elle posséda l'anglais au point de rendre en français les premiers essais de métaphysique de M. Hume, ouvrage où la difficulté de la matière ajoutait infiniment à celle de l'idiome. Lorsque l'étude avait épuisé ses forces, elle s'amusait à graver de la musique. Lorsqu'elle craignait que l'ennui ne s'emparât de son amant, elle chantait. Je n'exagère rien, j'en atteste M. Le Camus, docteur en médecine, qui l'a consolée dans ses peines et secourue dans son indigence ; qui lui a rendu les services les plus continus ; qui l'a suivie dans le grenier où sa pauvreté l'avait reléguée, et qui lui a fermé les yeux quand elle est morte. Mais j'oublie un de ses premiers malheurs ; c'est la persécution qu'elle eut à souffrir d'une famille indignée d'un attachement public et scandaleux. On employa et la vérité et le mensonge pour disposer de sa liberté d'une manière infamante. Ses parents et les prêtres la poursuivirent de quartier en quartier, de maison en maison, et la réduisirent plusieurs années à vivre seule et cachée. Elle passait les journées à travailler pour Gardeil ; nous lui apparaissions la nuit, et à la présence de son amant, tout son chagrin, toute son inquiétude étaient évanouis.

— Quoi ! Jeune, pusillanime, sensible au milieu de tant de traverses !

— Elle était heureuse.

— Heureuse !

— Oui, elle ne cessa de l'être que quand Gardeil fut ingrat.

— Mais il est impossible que l'ingratitude ait été la récompense de tant de qualités rares, tant de marques de tendresse, tant de sacrifices de toute espèce.

— Vous vous trompez, Gardeil fut ingrat. Un jour, Mlle de La Chaux se trouva seule dans ce monde, sans honneur, sans fortune, sans appui. Je vous en impose, je lui restai pendant quelque temps : le docteur Le Camus lui resta toujours.

— Ô les hommes, les hommes !

— De qui parlez-vous ?

— De Gardeil.

— Vous regardez le méchant et vous ne voyez pas tout à côté l'homme de bien. Ce jour de douleur et de désespoir, elle accourut chez moi. C'était le matin. Elle était pâle comme la mort. Elle ne savait son sort que de la veille, et elle offrait l'image des longues douleurs. Elle ne pleurait pas, mais on voyait qu'elle avait beaucoup pleuré. Elle se jeta dans un fauteuil. Elle ne parlait pas, elle ne pouvait parler. Elle me tendait les bras, et en même temps elle poussait des cris. Qu'est-ce qu'il y a, lui dis-je ? Est-ce qu'il est mort ? « C'est pis : il ne m'aime plus ; il m'abandonne. »

— Allez donc.

— Je ne saurais. Je la vois, je l'entends, et mes yeux se remplissent de pleurs. Il ne vous aime plus ? « Non. » Il vous abandonne ! « Eh ! oui. Après tout ce que j'ai fait ! Monsieur, ma tête s'embarrasse. Ayez pitié de moi. Ne me quittez pas ; surtout ne me quittez pas. » En prononçant ces mots, elle m'avait saisi le bras qu'elle serrait fortement, comme s'il y avait eu quelqu'un près d'elle qui la menaçât de l'arracher et de l'entraîner. Ne craignez rien, mademoiselle. « Je ne crains que moi. » Que faut-il faire pour vous ? « D'abord me sauver de moi-même.

Il ne m'aime plus, je le fatigue, je l'excède, je l'ennuie, il me hait, il m'abandonne, il me laisse, il me laisse ! » À ce mot répété succéda un silence profond, et à ce silence des éclats d'un rire convulsif plus effrayants mille fois que les accents du désespoir ou le râle de l'agonie. Ce furent ensuite des pleurs, des cris, des mots inarticulés, des regards tournés vers le ciel, des lèvres tremblantes, un torrent de douleurs qu'il fallait abandonner à son cours ; ce que je fis, et je ne commençai à m'adresser à sa raison que quand je vis son âme brisée et stupide. Alors je repris : Il vous hait, il vous laisse ! et qui est-ce qui vous l'a dit ? « Lui. » Allons, mademoiselle, un peu d'espérance et de courage ; ce n'est pas un monstre. « Vous ne le connaissez pas, vous le connaîtrez. » Je ne saurais le croire. « Vous le verrez. » Est-ce qu'il aime ailleurs ? « Non. » Ne lui avez-vous donné aucun soupçon, aucun mécontentement ? « Aucun, aucun. » Qu'est-ce donc ? « Mon inutilité. Je n'ai plus rien, je ne lui suis plus bonne à rien ; son ambition, il a toujours été ambitieux ; la perte de ma santé, celle de mes charmes, j'ai tant souffert et tant fatigué ; l'ennui, le dégoût. » On cesse d'être amants, mais on reste amis. « Je suis devenue un objet insupportable ; ma présence lui pèse, ma vue l'afflige et le blesse. Si vous saviez ce qu'il m'a dit ! Oui, monsieur ; il m'a dit que s'il était condamné à passer vingt-quatre heures avec moi, il se jetterait par les fenêtres. » Mais cette aversion n'a pas été l'ouvrage d'un moment. « Que sais-je ? Il est naturellement si dédaigneux, si indifférent, si froid ! Il est si difficile de lire au fond de ces âmes, et l'on a tant de répugnance à lire son arrêt de mort. Il me l'a prononcé, et avec quelle dureté ! » Je n'y conçois rien.

« J'ai une grâce à vous demander, et c'est pour cela que je suis venue. Me l'accorderez-vous ? » Quelle qu'elle soit. « Écoutez ; il vous respecte. Vous savez tout ce qu'il me doit. Peut-être rougira-t-il de se montrer à vous tel qu'il est. Non, je ne crois pas qu'il en ait ni le front ni la force. Je ne suis qu'une femme et vous êtes un homme. Un homme tendre, honnête et juste en impose. Vous lui en imposerez. Donnez-moi le bras, et ne refusez pas de m'accompagner chez lui. Je veux lui parler devant vous. Qui sait ce que ma douleur et votre présence pourront faire sur lui ? Vous m'accompagnerez ? » Très volontiers.

— Je crains bien que sa douleur et votre présence n'y fassent que de l'eau claire. Le dégoût ! c'est une terrible chose que le dégoût en amour, et d'une femme.

— J'envoyai chercher une chaise à porteurs, car elle n'était guère en état de marcher. Nous arrivons chez Gardeil, à cette grande maison neuve, la seule qu'il y ait à droite dans la rue Saint-Hyacinthe, en entrant par la place Saint-Michel. Là, les porteurs arrêtent ; ils ouvrent. J'attends, elle ne sort point. Je m'approche et je vois une femme saisie d'un tremblement universel, ses dents se frappaient comme dans le frisson de la fièvre, ses genoux se battaient l'un contre l'autre. « Un moment, monsieur, me dit-elle. Je vous demande pardon ; je vous demande pardon, je ne saurais. Que vais-je faire là ? Je vous aurai dérangé de vos affaires inutilement. J'en suis fâchée. Je vous demande pardon. » Cependant je lui tendais le bras ; elle le prit, elle essaya de se lever ; elle ne le put. « Encore un moment, monsieur, me dit-elle. Je vous fais peine, vous pâtissez de mon état. » Enfin elle se rassura un peu, et en sortant de la chaise elle ajouta tout bas : « Il faut entrer, il faut le voir. Que sait-on ? j'y mourrai peut-être. » Voilà la cour traversée, nous voilà à la porte de l'appartement ; nous voilà dans le cabinet de Gardeil. Il était à son bureau en robe de chambre et en bonnet de nuit. Il me fit un salut de la main et continua le travail qu'il avait commencé. Ensuite il vint à moi, et me dit : Convenez, monsieur, que les femmes sont bien incommodes ; je vous fais mille excuses des extravagances de Mademoiselle. » Puis s'adressant à la pauvre créature qui était plus morte que vive : Mademoiselle, lui dit-il, que prétendez-vous encore de moi ? Il me semble qu'après la manière nette et précise dont je me suis expliqué, tout doit être fini entre nous. Je vous ai dit que je ne vous aimais plus ; je vous l'ai dit seul à seul ; votre dessein est apparemment que je vous le répète devant Monsieur. Eh bien !

mademoiselle, je ne vous aime plus ; l'amour est un sentiment éteint dans mon cœur pour vous, et j'ajouterai, si cela peut vous consoler, pour toute autre femme. « Mais apprenez-moi pourquoi vous ne m'aimez plus. » Je l'ignore. Tout ce que je sais, c'est que j'ai commencé sans savoir pourquoi, que j'ai cessé sans savoir pourquoi, et que je sens qu'il est impossible que cette passion revienne. C'est une gourme que j'ai jetée et dont je me crois et me félicite d'être parfaitement guéri. « Quels sont mes torts ? » Vous n'en avez aucun. « Auriez-vous quelque objection secrète à faire à ma conduite ? » Pas la moindre ; vous avez été la femme la plus constante, la plus honnête, la plus tendre qu'un homme pût désirer. « Ai-je omis quelque chose qu'il fût en mon pouvoir de faire ? » Rien. « Ne vous ai-je pas sacrifié mes parents ? » Il est vrai. « Ma fortune ? » J'en suis au désespoir. « Ma santé ? » Cela se peut.

« Mon honneur, ma réputation, mon repos ? » Tout ce qu'il vous plaira. « Et je te suis odieuse ? » Cela est dur à dire, dur à entendre, mais puisque cela est, il faut en convenir. « Je lui suis odieuse !… » Je le sens, et ne m'en estime pas davantage. « Odieuse ! Ah ! dieux ! » À ces mots une pâleur mortelle se répandit sur son visage ; ses lèvres se décolorèrent ; les gouttes d'une sueur froide qui se formaient sur ses joues, se mêlaient aux larmes qui descendaient de ses yeux ; ils étaient fermés ; sa tête se renversa sur le dos de son fauteuil ; ses dents se serrèrent ; tous ses membres tressaillaient ; à ce tressaillement succéda une défaillance qui me parut l'accomplissement de l'espérance qu'elle avait conçue à la porte de cette maison. La durée de cet état acheva de m'effrayer. Je lui ôtai son mantelet, je desserrai les cordons de sa robe, je relâchai ceux de ses jupons, et je lui jetai quelques gouttes d'eau fraîche sur le visage. Ses yeux se rouvrirent à demi, il se fit entendre un murmure sourd dans sa gorge ; elle voulait prononcer : je lui suis odieuse, et elle n'articulait que les dernières syllabes du mot. Puis elle poussait un cri aigu, ses paupières s'abaissaient, et l'évanouissement reprenait. Gardeil, froidement assis dans son fauteuil, son coude appuyé sur sa table et sa tête appuyée sur sa main, la regardait sans émotion et me laissait le soin de la secourir. Je lui dis à plusieurs reprises : Mais, monsieur, elle se meurt, il faudrait appeler. Il me répondit en souriant et haussant les épaules : Les femmes ont la vie dure, elles ne meurent pas pour si peu ; ce n'est rien, cela se passera. Vous ne les connaissez pas, elles font de leur corps tout ce qu'elles veulent. Elle se meurt, vous dis-je.

En effet son corps était comme sans force et sans vie, il s'échappait de dessus son fauteuil, et elle serait tombée à terre de droite ou de gauche, si je ne l'avais retenue. Cependant Gardeil s'était levé brusquement ; et en se promenant dans son appartement, il disait d'un ton d'impatience et d'humeur : Je me serais bien passé de cette maussade scène, mais j'espère que ce sera la dernière. À qui diable en veut cette créature ? Je l'ai aimée, je me battrais la tête contre le mur qu'il n'en serait ni plus ni moins. Je ne l'aime plus ; elle le sait à présent ou elle ne le saura jamais. Tout est dit. « Non, monsieur, tout n'est pas dit. Quoi ! vous croyez qu'un homme de bien n'a qu'à dépouiller une femme de tout ce qu'elle a, et la laisser ? » Que voulez-vous que je fasse ? je suis aussi gueux qu'elle. « Ce que je veux que vous fassiez ? Que vous associez votre misère à celle où vous l'avez réduite. » Cela vous plaît à dire. Elle n'en serait pas mieux et j'en serais beaucoup plus mal. « En useriez-vous ainsi avec un ami qui vous aurait tout sacrifié ? » Un ami ! je n'ai pas grande foi aux amis, et cette expérience m'a appris à n'en avoir aucune aux passions. Je suis fâché de ne l'avoir pas su plus tôt. « Et il est juste que cette malheureuse femme soit la victime de l'erreur de votre cœur ? » Et qui vous a dit qu'un mois, un jour plus tard, je ne l'aurais pas été, moi, tout aussi cruellement de l'erreur du sien ? « Qui me l'a dit ? Tout ce qu'elle a fait pour vous, et l'état où vous la voyez. » Ce qu'elle a fait pour moi ! Oh ! pardieu, il est acquitté de reste par la perte de mon temps. « Ah ! monsieur Gardeil, quelle comparaison de votre temps et de toutes les choses sans prix que vous lui avez enlevées ! » Je n'ai rien fait, je ne suis rien, j'ai trente ans, il est temps ou jamais de penser à soi et d'apprécier toutes ces fadaises-là ce qu'elles valent.

» Cependant la pauvre demoiselle était un peu revenue à elle-même. À ces derniers mots elle reprit avec assez de vivacité : Qu'a-t-il dit de la perte de son temps ? J'ai appris quatre langues, pour le soulager dans ses travaux ; j'ai lu mille volumes ; j'ai écrit, traduit, copié les jours et les nuits ; j'ai épuisé mes forces, usé mes yeux, brûlé mon sang ; j'ai contracté une maladie fâcheuse dont je ne guérirai peut-être jamais. La cause de son dégoût, il n'ose l'avouer, mais vous allez la connaître. À l'instant elle arrache son fichu ; elle sort un de ses bras de sa robe, elle met son épaule à nu, et me montrant une tache érésipélateuse : La raison de ce changement, la voilà, me dit-elle, la voilà. Voilà l'effet des nuits que j'ai veillées. Il arrivait le matin avec ses rouleaux de parchemin. M. d'Hérouville, me disait-il, est très pressé de savoir ce qu'il y a là-dedans, il faudrait que cette besogne fût faite demain, et elle l'était. Dans ce moment nous entendîmes le pas de quelqu'un qui s'avançait vers la porte. C'était un domestique qui annonçait l'arrivée de M. d'Hérouville. Gardeil en pâlit. J'invitai Mlle de La Chaux à se rajuster et à se retirer. Non, dit-elle, non, je reste. Je veux démasquer l'indigne. J'attendrai M. d'Hérouville, je lui parlerai. « Et à quoi cela servira-t-il ? » À rien, me répondit-elle ; vous avez raison. « Demain vous en seriez désolée. Laissez-lui tous ses torts, c'est une vengeance digne de vous. » Mais est-elle digne de lui ? Est-ce que vous ne voyez pas que cet homme-là n'est… Partons, monsieur, partons vite ; car je ne puis répondre ni de ce que je ferais ni de ce que je dirais. Mlle de La Chaux répara en un clin d'oeil le désordre que cette scène avait mis dans ses vêtements, s'élança comme un trait hors du cabinet de Gardeil ; je la suivis, et j'entendis la porte qui se fermait sur nous avec violence.

Depuis, j'ai appris qu'on avait donné son signalement au portier. Je la conduisis chez elle où je trouvai le docteur Le Camus qui nous attendait. La passion qu'il avait prise pour cette jeune fille différait peu de celle qu'elle ressentait pour Gardeil. Je lui fis le récit de notre visite, et tout à travers les signes de sa colère, de sa douleur, de son indignation…

— Il n'était pas trop difficile de démêler sur son visage que votre peu de succès ne lui déplaisait pas trop ?

— Il est vrai.

— Voilà l'homme ; il n'est pas meilleur que cela.

— Cette rupture fut suivie d'une maladie violente, pendant laquelle le bon, l'honnête, le tendre et délicat docteur lui rendit des soins qu'il n'aurait pas eus pour la plus grande dame de France. Il venait trois, quatre fois par jour. Tant qu'il y eut du péril, il coucha dans sa chambre sur un lit de sangle. C'est un bonheur qu'une maladie dans les grands chagrins.

— En nous rapprochant de nous, elle écarte le souvenir des autres, et puis c'est un prétexte pour s'affliger sans indiscrétion et sans contrainte.

— Cette réflexion, juste d'ailleurs, n'était pas applicable à Mlle de La Chaux.

Pendant sa convalescence, nous arrangeâmes l'emploi de son temps. Elle avait de l'esprit, de l'imagination, du goût, des connaissances plus qu'il n'en fallait pour être admise à l'Académie des Inscriptions. Elle nous avait tant et tant entendus métaphysiquer, que les matières les plus abstraites lui étaient devenues familières, et sa première tentative littéraire fut la traduction des premiers ouvrages de Hume. Je la revis, et en vérité elle m'avait laissé bien peu de chose à rectifier. Cette traduction fut imprimée en Hollande et bien accueillie du public.

Ma Lettre sur les sourds et muets parut presque en même temps ; quelques objections très fines qu'elle me proposa donnèrent lieu à une addition qui lui fut dédiée. Cette Lettre n'est pas ce que j'ai fait de plus mal.

La gaieté de Mlle de La Chaux était un peu revenue. Le docteur nous donnait quelquefois à manger, et ces dîners n'étaient pas trop tristes. Depuis l'éloignement de Gardeil, la passion de Le Camus avait fait de merveilleux progrès. Un jour, à table, au dessert, qu'il s'en expliquait avec toute l'honnêteté, toute la sensibilité, toute la naïveté d'un enfant, toute la finesse d'un homme d'esprit, elle lui dit avec une franchise qui me plut infiniment, mais qui déplaira peut-être à d'autres : Docteur, il est impossible que l'estime que j'ai pour vous s'accroisse jamais. Je suis comblée de vos services, et je serais aussi noire que le monstre de la rue Saint-Hyacinthe si je n'étais pénétrée de la plus vive reconnaissance. Votre tour d'esprit me plaît on ne saurait davantage ; vous me parlez de votre passion avec tant de délicatesse et de grâce, que je serais, je crois, fâchée que vous ne m'en parlassiez plus. La seule idée de perdre votre société ou d'être privée de votre amitié suffirait pour me rendre malheureuse. Vous êtes un homme de bien s'il en fut jamais. Vous êtes d'une bonté et d'une douceur de caractère incomparables. Je ne crois pas qu'un cœur puisse tomber en de meilleures mains. Je prêche le mien du matin au soir en votre faveur ; mais a beau prêcher qui n'a envie de bien faire, je n'en avance pas davantage. Cependant vous souffrez, et j'en ressens une peine cruelle. Je ne connais personne qui soit plus digne que vous du bonheur que vous sollicitez, et je ne sais ce que je n'oserais pas pour vous rendre heureux.

Tout le possible sans exception. Tenez, docteur, j'irais… Oui, j'irais jusqu'à coucher : jusque-là inclusivement. Voulez-vous coucher avec moi ? Vous n'avez qu'à dire. Voilà tout ce que je puis faire pour votre service ; mais vous voulez être aimé, et c'est ce que je ne saurais. Le docteur l'écoutait, lui prenait la main, la baisait, la mouillait de ses larmes, et moi, je ne savais si je devais rire ou pleurer. Mlle de La Chaux connaissait bien le docteur, et le lendemain que je lui disais : Mais, mademoiselle, si le docteur vous eût prise au mot ? elle me répondit : J'aurais tenu parole ; mais cela ne pouvait arriver : mes offres n'étaient pas de nature à pouvoir être acceptées par un homme tel que lui.

— Pourquoi non ? Il me semble qu'à la place du docteur, j'aurais espéré que le reste viendrait après.

— Oui ; mais à la place du docteur, Mlle de La Chaux ne vous aurait pas fait la même proposition.

La traduction de Hume ne lui avait pas rendu grand argent. Les Hollandais impriment tant qu'on veut pourvu qu'ils ne payent rien.

— Heureusement pour nous ; car avec les entraves qu'on donne à l'esprit, s'ils s'avisent une fois de payer les auteurs, ils attireront chez eux tout le commerce de la librairie.

— Nous lui conseillâmes de faire un ouvrage d'agrément auquel il y aurait plus d'honneur et plus de profit. Elle s'en occupa pendant quatre à cinq mois, au bout desquels elle m'apporta un petit roman historique intitulé Les Trois Favorites. Il y avait de la légèreté de style, de la finesse et de l'intérêt ; mais sans qu'elle s'en fût doutée, car elle était incapable d'aucune malice. Il était parsemé d'une multitude de traits applicables à la maîtresse du souverain, la marquise de Pompadour, et je ne lui dissimulai pas que, quelque sacrifice qu'elle fît, soit en adoucissant, soit en supprimant ces endroits, il était presque impossible que son ouvrage parût sans la compromettre, et que le chagrin de gâter ce qui était bien, ne la garantirait pas d'un autre.

Elle sentit toute la justesse de mon observation, et n'en fut que plus affligée. Le bon docteur prévenait tous ses besoins, mais elle usait de sa bienfaisance avec d'autant plus de réserve qu'elle se sentait moins disposée à la sorte de reconnaissance qu'il en pouvait espérer. D'ailleurs, le docteur n'était pas riche alors, et il n'était pas trop fait pour le devenir. De temps en temps elle tirait son manuscrit de son portefeuille, et elle me disait tristement : Eh bien ! il n'y a donc pas moyen d'en rien faire, et il faut qu'il reste là ? Je lui donnai un conseil singulier : ce fut d'envoyer l'ouvrage tel qu'il était, sans adoucir, sans changer, à Mme de Pompadour même, avec un bout de lettre qui la mît au fait de cet envoi. Cette idée lui plut. Elle écrivit une lettre charmante de tous points, mais surtout par un ton de vérité auquel il était impossible de se refuser. Deux ou trois mois s'écoulèrent sans qu'elle entendit parler de rien, et elle tenait la tentative pour infructueuse, lorsqu'une Croix de Saint-Louis se présenta chez elle avec une réponse de la marquise. L'ouvrage y était loué comme il le méritait ; on remerciait du sacrifice ; on convenait des applications ; on n'en était point offensée, et l'on invitait l'auteur à venir à Versailles où l'on trouverait une femme reconnaissante et disposée à rendre les services qui dépendraient d'elle. L'envoyé, en sortant de chez Mlle de La Chaux, laissa adroitement sur sa cheminée un rouleau de cinquante louis.

Nous la pressâmes, le docteur et moi, de profiter de la bienveillance de Mme de Pompadour ; mais nous avions affaire à une fille dont la modestie et la timidité égalaient le mérite. Comment se présenter là avec ses haillons ? Le docteur leva tout de suite cette difficulté. Après les habits ce furent d'autres prétextes, et puis d'autres prétextes encore. Le voyage de Versailles fut différé de jour en jour, jusqu'à ce qu'il ne convenait presque plus de le faire ; et il y avait déjà du temps que nous ne lui en parlions pas, lorsque le même émissaire revint avec une seconde lettre remplie des reproches les plus obligeants et une autre gratification équivalente à la première et offerte avec le même ménagement. Cette action généreuse de Mme de Pompadour n'a point été connue. J'en ai parlé à M. Collin, son homme de confiance et le distributeur de ses grâces secrètes. Il l'ignorait, et j'aime à me persuader que ce n'est pas la seule que sa tombe recèle.

Ce fut ainsi que Mlle de La Chaux manqua deux fois l'occasion de se tirer de la détresse.

Depuis elle transporta sa demeure sur les extrémités de la ville, et je la perdis tout à fait de vue. Ce que j'ai su du reste de sa vie, c'est qu'il n'a été qu'un tissu de chagrins, d'infirmités et de misère. Les portes de sa famille lui furent opiniâtrement fermées. Elle sollicita inutilement l'intercession de ces saints personnages qui l'avaient persécutée avec tant de zèle.

— Cela est dans la règle.

— Le docteur ne l'abandonna point. Elle mourut sur la paille dans un grenier, tandis que le petit tigre de la rue Saint-Hyacinthe, le seul amant qu'elle ait eu, exerçait la médecine à Montpellier ou à Toulouse, et jouissait dans la plus grande aisance de la réputation méritée d'habile homme, et de la réputation usurpée d'honnête homme.

— Mais cela est encore à peu près dans la règle. S'il y a un bon et honnête Tanié, c'est à une Reymer que la Providence l'envoie. S'il y a une bonne et honnête de La Chaux, elle deviendra le partage d'un Gardeil, afin que tout soit fait pour le mieux.

Mais on me dira peut-être que c'est aller bien vite que de prononcer définitivement sur le caractère d'un homme d'après une seule action ; qu'une règle aussi sévère réduirait le nombre des gens de bien au point d'en laisser moins sur la terre que l'Évangile du chrétien n'admet d'élus dans le ciel ; qu'on peut être inconstant en amour, se piquer même de peu de religion avec les femmes sans être dépourvu d'honneur et de probité ; qu'on n'est le maître ni d'arrêter une passion qui s'allume, ni d'en prolonger une qui s'éteint ; qu'il y a déjà assez d'hommes dans les maisons et les rues qui méritent à juste titre le nom de coquins, sans inventer des crimes imaginaires qui les multiplieraient à l'infini. On me demandera si je n'ai jamais ni trahi, ni trompé, ni délaissé aucune femme sans sujet. Si je voulais répondre à ces questions, ma réponse ne demeurerait pas sans réplique, et ce serait une dispute à ne finir qu'au jugement dernier. Mais mettez la main sur la conscience et dites-moi, vous, monsieur l'apologiste des trompeurs et des infidèles, si vous prendriez le docteur de Toulouse pour votre ami. Vous hésitez ? Tout est dit ; et sur ce je prie Dieu de tenir en sa sainte garde toute femme à qui il vous prendra fantaisie d'adresser votre hommage.

# Madame de la Carlière

Rentrons-nous ?

— C'est de bonne heure.

— Voyez-vous ces nuées ?

— Ne craignez rien ; elles disparaîtront d'elles-mêmes, et sans le secours de la moindre haleine de vent.

— Vous croyez ?

— J'en ai souvent fait l'observation en été, dans les temps chauds. La partie basse de l'atmosphère, que la pluie a dégagée de son humidité, va reprendre une portion de la vapeur épaisse qui forme le voile obscur qui vous dérobe le ciel. La masse de cette vapeur se distribuera à peu près également dans toute la masse de l'air ; et, par cette exacte distribution ou combinaison, comme il vous plaira de dire, l'atmosphère deviendra transparente et lucide. C'est une opération de nos laboratoires, qui s'exécute en grand au-dessus de nos têtes. Dans quelques heures, des points azurés commenceront à percer à travers les nuages raréfiés ; les nuages se raréfieront de plus en plus. Les points azurés se multiplieront et s'étendront ; bientôt vous ne saurez ce que sera devenu le crêpe noir qui vous effrayait, et vous serez surpris et récréé de la limpidité de l'air, de la pureté du ciel, et de la beauté du jour.

— Mais cela est vrai, car tandis que vous parliez, je regardais, et le phénomène semblait s'exécuter à vos ordres.

— Ce phénomène n'est qu'une espèce de dissolution de l'eau par l'air.

— Comme la vapeur, qui ternit la surface extérieure d'un verre que l'on remplit d'eau glacée n'est qu'une espèce de précipitation.

— Et ces énormes ballons qui nagent ou restent suspendus dans l'atmosphère ne sont qu'une surabondance d'eau que l'air saturé ne peut dissoudre.

— Ils demeurent là comme des morceaux de sucre au fond d'une tasse de café qui n'en saurait plus prendre.

— Fort bien.

— Et vous me promettez donc à notre retour…

— Une voûte aussi étoilée que vous l'ayez jamais vue.

— Puisque nous continuons notre promenade, pourriez-vous me dire, vous qui connaissez tous ceux qui fréquentent ici, quel est ce personnage long, sec et mélancolique, qui s'est assis, qui n'a pas dit un mot, et qu'on a laissé seul dans le salon, lorsque le reste de la compagnie s'est dispersée ?

— C'est un homme dont je respecte vraiment la douleur.

— Et vous le nommez ?

— Le chevalier Desroches.

— Ce Desroches qui, devenu possesseur d'une fortune immense à la mort d'un père avare, s'est fait un nom par sa dissipation, ses galanteries, et la diversité de ses états ?

— Lui-même

— Ce fou qui a subi toutes sortes de métamorphoses, et qu'on a vu successivement en petit collet, en robe de palais et en uniforme ?

— Oui, ce fou.

— Qu'il est changé !

— Sa vie est un tissu d'événements singuliers. C'est une des plus malheureuses victimes des caprices du sort et des jugements inconsidérés des hommes. Lorsqu'il quitta l'Église pour la magistrature, sa famille jeta les hauts cris ; et tout le sot public, qui ne manque jamais de prendre le parti des pères contre les enfants, se mit à clabauder à l'unisson.

— Ce fut bien un autre vacarme, lorsqu'il se retira du tribunal pour entrer au service.

— Cependant que fit-il ? un trait de vigueur dont nous nous glorifierions l'un et l'autre, et qui le qualifia la plus mauvaise tête qu'il y eût ; et puis vous êtes étonné que l'effréné bavardage de ces gens-là m'importune, m'impatiente, me blesse !

— Ma foi, je vous avoue que j'ai jugé Desroches comme tout le monde.

— Et c'est ainsi que de bouche en bouche, échos ridicules les unes des autres, un galant homme est traduit pour un plat homme, un homme d'esprit pour un sot, un homme honnête pour un coquin, un homme de courage pour un insensé, et réciproquement.

Non, ces impertinents jaseurs ne valent pas la peine que l'on compte leur approbation, leur improbation pour quelque chose dans la conduite de sa vie. Écoutez, morbleu ! et mourez de honte. Desroches entre conseiller au Parlement très jeune ; des circonstances favorables le conduisent rapidement à la Grand'Chambre ; il est de Tournelle à son tour et l'un des rapporteurs dans une affaire criminelle. D'après ses conclusions, le malfaiteur est condamné au dernier supplice. Le jour de l'exécution, il est d'usage que ceux qui ont décidé la sentence du tribunal se rendent à l'Hôtel de Ville, afin d'y recevoir les dernières dispositions du malheureux, s'il en a quelques-unes à faire, comme il arriva cette fois-là. C'était en hiver. Desroches et son collègue étaient assis devant le feu lorsqu'on leur annonça l'arrivée du patient. Cet homme que la torture avait disloqué était étendu et porté sur un matelas. En entrant, il se relève, il tourne ses regards vers le ciel, il s'écrie : Grand Dieu ! tes jugements sont justes… Le voilà sur son matelas aux pieds de Desroches. Est-ce vous, Monsieur, qui m'avez condamné ? lui dit-il en l'apostrophant d'une voix forte. Je suis coupable du crime dont on m'accuse, oui, je le suis, je le confesse ; mais vous n'en savez rien… Puis, reprenant toute la procédure, il démontra clair comme le jour qu'il n'y avait ni solidité dans les preuves, ni justice dans la sentence. Desroches, saisi d'un tremblement universel, se lève, déchire sur lui sa robe magistrale et renonce pour jamais à la périlleuse fonction de prononcer sur la vie des hommes. Et voilà ce qu'ils appellent un fou ! Un homme qui se connaît et qui craint d'avilir l'habit ecclésiastique par de mauvaises mœurs, ou de se trouver un jour souillé du sang de l'innocent.

— C'est qu'on ignore ces choses-là.

— C'est qu'il faut se taire, quand on ignore.

— Mais pour se taire, il faut se méfier.

— Et quel inconvénient à se méfier ?

— De refuser de la croyance à vingt personnes qu'on estime, en faveur d'un homme qu'on ne connaît pas.

— Hé ! Monsieur, je ne vous demande pas tant de garants quand il s'agira d'assurer le bien ; mais le mal !... Laissons cela, vous m'écartez de mon récit et me donnez de l'humeur... Cependant il fallait être quelque chose. Il acheta une compagnie.

— C'est-à-dire qu'il laissa le métier de condamner ses semblables pour celui de les tuer sans aucune forme de procès.

— Je n'entends pas comment on plaisante en pareil cas.

— Que voulez-vous ! vous êtes triste et je suis gai.

— C'est la suite de son histoire qu'il faut savoir, pour apprécier la valeur du caquet public.

— Je la saurais, si vous vouliez.

— Cela sera long.

— Tant mieux.

— Desroches fait la campagne de 1745 et se montre bien. Échappé aux dangers de la guerre, à deux cent mille coups de fusil, il vient se faire casser la jambe par un cheval ombrageux à douze ou quinze lieues d'une maison de campagne, où il s'était proposé de passer son quartier d'hiver ; et Dieu sait comment cet accident fut arrangé par nos agréables.

— C'est qu'il y a certains personnages dont on s'est fait une habitude de rire et qu'on ne plaint de rien.

— Un homme qui a la jambe fracassée, cela est en effet très plaisant ! Eh bien, messieurs les rieurs impertinents, riez bien ; mais sachez qu'il eût peut-être mieux valu pour Desroches d'avoir été emporté par un boulet de canon ou d'être resté sur le champ de bataille, le ventre crevé d'un coup de baïonnette. Cet accident lui arriva dans un méchant petit village, où il n'y avait d'asile supportable que le presbytère ou le château.

On le transporta au château qui appartenait à une jeune veuve appelée Mme de La Carlière, la dame du lieu.

— Qui n'a pas entendu parler de Mme de La Carlière ? Qui n'a pas entendu parler de ses complaisances sans bornes pour un vieux mari jaloux à qui la cupidité de ses parents l'avait sacrifiée à l'âge de quatorze ans ?

— À cet âge où l'on prend le plus sérieux des engagements, parce qu'on mettra du rouge et qu'on aura de belles boucles, Mme de La Carlière fut, avec son premier mari, la femme de la conduite la plus réservée et la plus honnête.

— Je le crois, puisque vous me le dites.

— Elle reçut et traita le chevalier Desroches avec toutes les attentions imaginables. Ses affaires la rappelaient à la ville ; malgré ses affaires et les pluies continuelles d'un vilain automne, qui, en gonflant les eaux de la Marne qui coule dans son voisinage, l'exposait à ne sortir de chez elle qu'en bateau, elle prolongea son séjour à sa terre jusqu'à l'entière guérison de Desroches. Le voilà guéri ; le voilà à côté de Mme de La Carlière dans une même voiture qui les ramène à Paris, et le chevalier, lié de reconnaissance et attaché d'un sentiment plus doux à sa jeune, riche et belle hospitalière.

— Il est vrai que c'était une créature céleste ; elle ne parut jamais au spectacle sans faire sensation.

— Et c'est là que vous l'avez vue ?...

— Il est vrai.

— Pendant la durée d'une intimité de plusieurs années, l'amoureux chevalier, qui n'était pas indifférent à Mme de La Carlière, lui avait proposé plusieurs fois de l'épouser ; mais la mémoire récente des peines qu'elle avait endurées sous la tyrannie d'un premier époux, et plus encore cette réputation de légèreté que le chevalier s'était faite par une multitude d'aventures galantes, effrayaient Mme de La Carlière, qui ne croyait pas à la conversion des hommes de ce caractère.

Elle était alors en procès avec les héritiers de son mari.

— N'y eut-il pas encore des propos à l'occasion de ce procès-là ?

— Beaucoup et de toutes les couleurs. Je vous laisse à penser si Desroches, qui avait conservé nombre d'amis dans la magistrature, s'endormit sur les intérêts de Mme de La Carlière.

— Et si nous l'en supposions reconnaissante ?

— Il était sans cesse à la porte des juges.

— Le plaisant, c'est que, parfaitement guéri de sa fracture, il ne les visitait jamais sans un brodequin à la jambe : il prétendait que ses sollicitations appuyées de son brodequin en devenaient plus touchantes. II est vrai qu'il le plaçait tantôt d'un côté, tantôt d'un autre, et qu'on en faisait quelquefois la remarque.

— Et que pour le distinguer d'un parent du même nom, on l'appela Desroches le Brodequin. Cependant, à l'aide du bon droit et du brodequin pathétique du chevalier, Mme de La Carlière gagna son procès.

— Et devint Mme Desroches en titre.

— Comme vous y allez ! Vous n'aimez pas les détails communs, et je vous en fais grâce. Ils étaient d'accord, ils touchaient au moment de leur union, lorsque Mme de La Carlière, après un repas d'apparat, au milieu d'un cercle nombreux, composé des deux familles et d'un certain nombre d'amis, prenant un maintien auguste et un ton solennel, s'adressa au chevalier, et lui dit : « Monsieur Desroches, écoutez-moi. Aujourd'hui nous sommes libres l'un et l'autre ; demain nous ne le serons plus ; et je vais devenir maîtresse de votre bonheur ou de votre malheur ; vous, du mien. J'y ai bien réfléchi. Daignez y penser aussi sérieusement. Si vous vous sentez ce même penchant à l'inconstance qui vous a dominé jusqu'à présent, si je ne suffisais pas à toute l'étendue de vos désirs, ne vous engagez pas, je vous en conjure par vous-même et par moi.

Songez que moins je me crois faite pour être négligée, plus je ressentirais vivement une injure. J'ai de la vanité et beaucoup. Je ne sais pas haïr, mais personne ne sait mieux mépriser, et je ne reviens point du mépris. Demain, au pied des autels, vous jurerez de m'appartenir et de n'appartenir qu'à moi. Sondez-vous ; interrogez votre cœur, tandis qu'il en est encore temps ; songez qu'il y va de ma vie. Monsieur, on me blesse aisément ; et la blessure de mon âme ne cicatrise point ; elle saigne toujours. Je ne me plaindrai point, parce que la plainte importune d'abord, finit par aigrir le mal, et parce que la pitié est un sentiment qui dégrade celui qui l'inspire. Je renfermerai ma douleur et j'en périrai. Chevalier, je vais vous abandonner ma personne et mon bien, vous résigner mes volontés et mes fantaisies, vous serez tout au monde pour moi, mais il faut que je sois tout au monde pour vous ; je ne puis être satisfaite à moins. Je suis, je crois, l'unique pour vous dans ce moment, et vous l'êtes certainement pour moi ; mais il est très possible que nous rencontrions, vous une femme qui soit plus aimable, moi quelqu'un qui me le paraisse. Si la supériorité de mérite, réelle ou présumée, justifiait l'inconstance, il n'y aurait plus de mœurs. J'ai des mœurs, je veux en avoir, je veux que vous en ayez. C'est par tous les sacrifices imaginables, que je prétends vous acquérir sans réserve. Voilà mes droits, voilà mes titres, et je n'en rabattrai jamais rien. Je ferai tout pour que vous ne soyez pas seulement un inconstant, mais pour qu'au jugement des hommes sensés, au jugement de votre propre conscience, vous soyez le dernier des ingrats. J'accepte le même reproche, si je ne réponds pas à vos soins, à vos égards, à votre tendresse, au-delà de vos espérances.

J'ai appris ce dont j'étais capable, à côté d'un époux qui ne me rendait les devoirs d'une femme ni faciles ni agréables.

Vous savez à présent ce que vous avez à attendre de moi. Voyez ce que vous avez à craindre de vous. Parlez-moi, chevalier, parlez-moi nettement. Ou je deviendrai votre épouse, ou je resterai votre amie : l'alternative n'est pas cruelle. Mon ami, mon tendre ami, je vous en conjure, ne m'exposez pas à détester, à fuir le père de mes enfants, et peut-être, dans un accès de désespoir, à repousser leurs innocentes caresses. Que je puisse, toute ma vie, avec un nouveau transport, vous retrouver en eux et me réjouir d'avoir été leur mère. Donnez-moi la plus grande marque de confiance qu'une femme honnête ait sollicitée d'un galant homme ; refusez-moi, si vous croyez que je me mette à un trop haut prix. Loin d'en être offensée, je jetterai mes bras autour de votre cou ; et l'amour de celles que vous avez captivées et les fadeurs que vous leur avez débitées ne vous auront jamais valu un baiser aussi sincère, aussi doux que celui que vous aurez obtenu de votre franchise et de ma reconnaissance ! »

— Je crois avoir entendu dans le temps une parodie bien comique de ce discours.

— Et par quelque bonne amie de Mme de La Carlière ?

— Ma foi, je me la rappelle, vous avez deviné.

— Et cela ne suffirait pas à rencogner un homme au fond d'une forêt, loin de toute cette décente canaille, pour laquelle il n'y a rien de sacré ? J'irai, cela finira par là, rien n'est plus sûr, j'irai. L'assemblée, qui avait commencé par sourire, finit par verser des larmes. Desroches se précipita aux genoux de Mme de La Carlière, se répandit en protestations honnêtes et tendres, n'omit rien de ce qui pouvait aggraver ou excuser sa conduite passée, compara Mme de La Carlière aux femmes qu'il avait connues et délaissées, tira de ce parallèle juste et flatteur des motifs de la rassurer, de se rassurer lui-même contre un penchant à la mode, une effervescence de jeunesse, le vice des mœurs générales plutôt que le sien ; ne dit rien qu'il ne pensât et qu'il ne se promît de faire.

Mme de La Carlière le regardait, l'écoutait, cherchait à le pénétrer dans ses discours, dans ses mouvements, et interprétait tout à son avantage.

— Pourquoi non, s'il était vrai ?

— Elle lui avait abandonné une de ses mains, qu'il baisait, qu'il pressait contre son cœur, qu'il baisait encore, qu'il mouillait de ses larmes. Tout le monde partageait leur tendresse : toutes les femmes sentaient comme Mme de La Carlière, tous les hommes comme le chevalier.

— C'est l'effet de ce qui est honnête, de ne laisser à une grande assemblée qu'une pensée et qu'une âme. Comme on s'estime, comme on s'aime tous dans ces moments ! Par exemple, que l'humanité est belle au spectacle ! Pourquoi faut-il qu'on se sépare si vite ! Les hommes sont si bons et si heureux lorsque l'honnête réunit leurs suffrages, les confond, les rend uns !

— Nous jouissions de ce bonheur qui nous assimilait, lorsque Mme de La Carlière, transportée d'un mouvement d'âme exaltée, se leva et dit à Desroches : « Chevalier, je ne vous crois pas encore, mais tout à l'heure je vous croirai… »

— La petite comtesse jouait sublimement cet enthousiasme de sa belle cousine.

— Elle est bien plus faite pour le jouer que pour le sentir. « Les serments prononcés au pied des autels… » Vous riez ?

— Ma foi, je vous en demande pardon, mais je vois encore la petite comtesse hissée sur la pointe de ses pieds et j'entends son ton emphatique.

— Allez, vous êtes un scélérat, un corrompu comme tous ces gens-là, et je me tais.

— Je vous promets de ne plus rire.

— Prenez-y garde.

— Eh bien, les serments prononcés au pied des autels…

— « Ont été suivis de tant de parjures, que je ne fais aucun compte de la promesse solennelle de demain.

La présence de Dieu est moins redoutable pour nous que le jugement de nos semblables. Monsieur Desroches, approchez. Voilà ma main, donnez-moi la vôtre, et jurez-moi une fidélité, une tendresse éternelle ; attestez-en les hommes qui nous entourent. Permettez que, s'il arrive que vous me donniez quelques sujets légitimes de me plaindre, je vous dénonce à ce tribunal et vous livre à son indignation : consentez qu'ils se rassemblent à ma voix et qu'ils vous appellent traître, ingrat, perfide, homme faux, homme méchant. Ce sont mes amis et les vôtres : consentez qu'au moment où je vous perdrais, il ne vous en reste aucun. Vous, mes amis, jurez-moi de le laisser seul… » À l'instant le salon retentit des cris mêlés : Je promets, je permets, je consens, nous le jurons… et au milieu de ce tumulte délicieux, le chevalier qui avait jeté ses bras autour de Mme de La Carlière, la baisait sur le front, sur les yeux, sur les joues.

— Mais, chevalier !…

— Mais, madame, la cérémonie est faite ; je suis votre époux, vous êtes ma femme.

— Au fond des bois, assurément ; ici il manque une petite formalité d'usage. En attendant mieux, tenez, voilà mon portrait, faites-en ce qu'il vous plaira. N'avez-vous pas ordonné le vôtre ? si vous l'avez, donnez-le-moi.

— Desroches présenta son portrait à Mme de La Carlière qui le mit à son bras et qui se fit appeler, le reste de la journée, Mme Desroches.

— Je suis bien pressé de savoir ce que cela deviendra.

— Un moment de patience ; je vous ai promis d'être long, et il faut que je tienne parole. Mais… il est vrai : c'était dans le temps de votre grande tournée et vous étiez alors absent du royaume.

Deux ans, deux ans entiers, Desroches et sa femme furent les époux les plus unis, les plus heureux. On crut Desroches vraiment corrigé et il l'était en effet. Ses amis de libertinage, qui avaient entendu parler de la scène précédente et qui en avaient plaisanté, disaient que c'était réellement le prêtre qui portait malheur et que Mme de La Carlière avait découvert, au bout de deux mille ans, le secret d'esquiver la malédiction du sacrement. Desroches eut un enfant de Mme de La Carlière, que j'appellerai Mme Desroches, jusqu'à ce qu'il me convienne d'en user autrement ; elle voulut absolument le nourrir. Ce fut un long et périlleux intervalle pour un jeune homme d'un tempérament ardent, et peu fait à cette espèce de régime. Tandis que Mme Desroches était à ses fonctions…

— Son mari se répandait dans la société, et il eut le malheur de trouver un jour sur son chemin une de ces femmes séduisantes, artificieuses, secrètement irritées de voir ailleurs une concorde qu'elles ont exclue de chez elles, et dont il semble que l'étude et la consolation soient de plonger les autres dans la misère qu'elles éprouvent.

— C'est votre histoire, mais ce n'est pas la sienne. Desroches, qui se connaissait, qui connaissait sa femme, qui la respectait, qui la redoutait…

— C'est presque la même chose…

— Passait ses journées à côté d'elle. Son enfant, dont il était fou, était presque aussi souvent entre ses bras qu'entre ceux de la mère, dont il s'occupait, avec quelques amis communs, à soulager la tâche honnête, mais pénible, par la variété des amusements domestiques.

— Cela est fort beau.

— Certainement. Un de ses amis s'était engagé dans les opérations du gouvernement. Le ministère lui redevait une somme considérable, qui faisait presque toute sa fortune, et dont il sollicitait inutilement la rentrée.

Il s'en ouvrit à Desroches. Celui-ci se rappela qu'il avait été autrefois fort bien avec une femme assez puissante par ses liaisons pour finir cette affaire. Il se tut, mais dès le lendemain il vit cette femme et lui parla. On fut enchanté de retrouver et de servir un galant homme qu'on avait tendrement aimé et sacrifié à des vues ambitieuses. Cette première entrevue fut suivie de plusieurs autres.

Cette femme était charmante ; elle avait des torts, et la manière dont elle s'en expliquait n'était point équivoque. Desroches fut quelque temps incertain de ce qu'il ferait.

— Ma foi, je ne sais pas pourquoi.

— Mais moitié goût, désœuvrement ou faiblesse, moitié crainte qu'un misérable scrupule…

— Sur un amusement assez indifférent à sa femme.

— Ne ralentît la vivacité de la protectrice de son ami et n'arrêtât le succès de sa négociation, il oublia un moment Mme Desroches et s'engagea dans une intrigue que sa complice avait le plus grand intérêt de tenir secrète, et dans une correspondance nécessaire et suivie. On se voyait peu, mais on s'écrivait souvent. J'ai dit cent fois aux amants : N'écrivez point, les lettres vous perdront : tôt ou tard le hasard en détournera une de son adresse. Le hasard combine tous les cas possibles, et il ne lui faut que du temps pour amener la chance fatale.

— Aucuns ne vous ont cru ?

— Et tous se sont perdus, et Desroches, comme cent mille qui l'ont précédé, et cent mille qui le suivront. Celui-ci gardait les siennes dans un de ces petits coffrets cerclés en dessus et par les côtés de lames d'acier. À la ville, à la campagne, le coffret était sous la clef d'un secrétaire. En voyage, il était déposé dans une des malles de Desroches, sur le devant de la voiture. Cette fois-ci il était sur le devant.

Ils partent, ils arrivent. En mettant pied à terre, Desroches donne à un domestique le coffret à porter dans son appartement où l'on n'arrivait qu'en traversant celui de sa femme. Là, l'anneau casse, le coffret tombe, le dessus se sépare du reste, et voilà une multitude de lettres éparses aux pieds de Mme Desroches. Elle en ramasse quelques-unes et se convainc de la perfidie de son époux. Elle ne se rappela jamais cet instant sans frisson. Elle me disait qu'une sueur froide s'était échappée de toutes les parties de son corps, et qu'il lui avait semblé qu'une griffe de fer lui serrait le cœur et tiraillait ses entrailles. Que va-t-elle devenir ? Que fera-t-elle ? Elle se recueillit, elle rappela ce qui lui restait de raison et de force : entre ces lettres, elle fit choix de quelques-unes des plus significatives ; elle rajusta le fond du coffret, et ordonna au domestique de le placer dans l'appartement de son maître, sans parler de ce qui venait d'arriver, sous peine d'être chassé sur-le-champ. Elle avait promis à Desroches qu'il n'entendrait jamais une plainte de sa bouche ; elle tint parole. Cependant la tristesse s'empara d'elle ; elle pleurait quelquefois ; elle voulait être seule, chez elle ou à la promenade ; elle se faisait servir dans son appartement ; elle gardait un silence continu ; il ne lui échappait que quelques soupirs involontaires. L'affligé mais tranquille Desroches traitait cet état de vapeurs, quoique les femmes qui nourrissent n'y soient pas sujettes. En très peu de temps la santé de sa femme s'affaiblit, au point qu'il fallut quitter la campagne et s'en revenir à la ville. Elle obtint de son mari de faire la route dans une voiture séparée. De retour, ici, elle mit dans ses procédés tant de réserve et d'adresse, que Desroches, qui ne s'était point aperçu de la soustraction des lettres, ne vit dans les légers dédains de sa femme, son indifférence, ses soupirs échappés, ses larmes retenues, son goût pour la solitude, que les symptômes accoutumés de l'indisposition qu'il lui croyait.

Quelquefois il lui conseillait d'interrompre la nourriture de son enfant ; c'était précisément le seul moyen d'éloigner, tant qu'il lui plairait, un éclaircissement entre elle et son mari. Desroches continuait donc de vivre à côté de sa femme, dans la plus entière sécurité sur le mystère de sa conduite, lorsqu'un matin elle lui apparut grande, noble, digne, vêtue du même habit et parée des mêmes ajustements qu'elle avait portés dans la cérémonie domestique de la veille de son mariage. Ce qu'elle avait perdu de fraîcheur et d'embonpoint, ce que la peine secrète dont elle était consumée lui avait ôté de charmes, était réparé avec avantage par la noblesse de son maintien. Desroches écrivait à son amie lorsque sa femme entra. Le trouble les saisit l'un et l'autre ; mais, tous les deux également habiles et intéressés à dissimuler, ce trouble ne fit que passer. Ô ma femme ! s'écria Desroches en la voyant et en chiffonnant, comme de distraction, le papier qu'il avait écrit, que vous êtes belle ! Quels sont donc vos projets du jour ? -Mon projet, monsieur, est de rassembler les deux familles. Nos amis, nos parents sont invités, et je compte sur vous.

— Certainement. À quelle heure me désirez-vous ?

— À quelle heure je vous désire ? mais… à l'heure accoutumée.

— Vous avez un éventail et des gants, est-ce que vous sortez ?

— Si vous le permettez.

— Et pourrait-on savoir où vous allez ?

— Chez ma mère.

— Je vous prie de lui présenter mon respect.

— Votre respect ?

— Assurément… Mme Desroches ne rentra qu'à l'heure de se mettre à table. Les convives étaient arrivés. On l'attendait. Aussitôt qu'elle parut, ce fut la même exclamation que celle de son mari ; les hommes, les femmes l'entourèrent en disant tous à la fois : Mais voyez donc qu'elle est belle !…

Les femmes rajustaient quelque chose qui s'était dérangé à la coiffure. Les hommes, placés à distance et immobiles d'admiration, répétaient entre eux : Non, Dieu ni la Nature n'ont rien fait, n'ont rien pu faire de plus imposant, de plus grand, de plus beau, de plus noble, de plus parfait. Mais, ma femme, lui disait Desroches, vous ne me paraissez pas sensible à l'impression que vous faites sur nous. De grâce, ne souriez pas, un souris, accompagné de tant de charmes, nous ravirait à tous le sens commun… Mme Desroches répondit d'un léger mouvement d'indignation, détourna la tête et porta son mouchoir à ses yeux qui commençaient à s'humecter. Les femmes, qui remarquent tout, se demandaient tout bas : Qu'a-t-elle donc ? On dirait qu'elle a envie de pleurer… Desroches, qui les devinait, portait la main à son front et leur faisait signe que la tête de madame était un peu dérangée.

— En effet, on m'écrivit au loin qu'il se répandait un bruit sourd que la belle Mme Desroches, ci-devant la belle Mme de La Carlière, était devenue folle.

— On servit. La gaieté se montrait sur tous les visages, excepté sur celui de Mme de La Carlière. Desroches la plaisanta légèrement sur son air de dignité. Il ne faisait pas assez de cas de sa raison ni de celle de ses amis pour craindre le danger d'un de ses souris : Ma femme, si tu voulais sourire… Mme de La Carlière affecta de ne pas entendre et garda son air grave. Les femmes dirent que toutes les physionomies lui allaient si bien qu'on pouvait lui en laisser le choix. Le repas est achevé ; on rentre dans le salon ; le cercle est formé. Mme de La Carlière…

— Vous voulez dire Mme Desroches ?

— Non, il ne me plaît plus de l'appeler ainsi. Mme de La Carlière sonne ; elle fait signe, on lui apporte son enfant.

Elle le reçoit en tremblant, elle découvre son sein, lui donne à téter et le rend à la gouvernante, après l'avoir regardé tristement et mouillé d'une larme qui tomba sur le visage de l'enfant. Elle dit, en essuyant cette larme : Ce ne sera pas la dernière… Mais ces mots furent prononcés si bas, qu'on les entendit à peine. Ce spectacle attendrit tous les assistants et établit dans le salon un silence profond. Ce fut alors que Mme de La Carlière se leva et, s'adressant à la compagnie, dit ce qui suit ou l'équivalent : « Mes parents, mes amis, vous y étiez tous le jour que j'engageai ma foi à M. Desroches et qu'il m'engagea la sienne. Les conditions auxquelles je reçus sa main et lui donnai la mienne, vous vous les rappelez sans doute. Monsieur Desroches, parlez, ai-je été fidèle à mes promesses ?…

— Jusqu'au scrupule.

— Et vous, monsieur, vous m'avez trompée, vous m'avez trahie…

— Moi, madame !…

— Vous, monsieur.

— Qui sont les malheureux, les indignes…

— Il n'y a de malheureux ici que moi, et d'indigne que vous…

— Madame… ma femme…

— Je ne la suis plus.

— Madame !…

— Monsieur, n'ajoutez pas le mensonge et l'arrogance à la perfidie. Plus vous vous défendrez, plus vous serez confus. Épargnez-vous vous-même… » En achevant ces mots elle tira les lettres de sa poche, en présenta de côté quelques-unes à Desroches, et distribua les autres aux assistants. On les prit, mais on ne les lisait pas. « Messieurs, mesdames, disait Mme de La Carlière, lisez et jugez-nous. Vous ne sortirez point d'ici sans avoir prononcé… » Puis, s'adressant à Desroches : « Vous, monsieur, vous devez connaître l'écriture. » On hésita encore ; mais, sur les instances réitérées de Mme de La Carlière, on lut. Cependant Desroches, tremblant, immobile, s'était appuyé la tête contre une glace, le dos tourné à la compagnie, qu'il n'osait regarder.

Un de ses amis en eut pitié, le prit par la main, et l'entraîna hors du salon.

— Dans les détails qu'on me fit de cette scène, on me disait qu'il avait été bien plat et sa femme honnêtement ridicule.

— L'absence de Desroches mit à l'aise : on convint de sa faute, on approuva le ressentiment de Mme de La Carlière, pourvu qu'elle ne le poussât pas trop loin ; on s'attroupa autour d'elle, on la pressa, on la supplia, on la conjura ; l'ami qui avait entraîné Desroches entrait et sortait, l'instruisant de ce qui se passait. Mme de La Carlière resta ferme dans une résolution dont elle ne s'était point encore expliquée. Elle ne répondait que le même mot à tout ce qu'on lui représentait ; elle disait aux femmes : Mesdames, je ne blâme point votre indulgence… aux hommes : Messieurs, cela ne se peut ; la confiance est perdue, et il n'y a point de ressource… On ramena le mari ; il était plus mort que vif, il tomba plutôt qu'il ne se jeta aux pieds de sa femme, il y restait sans parler. Mme de La Carlière lui dit : Monsieur, relevez-vous. Il se releva, et elle ajouta : « Vous êtes un mauvais époux ; êtes-vous, n'êtes-vous pas un galant homme ? C'est ce que je vais savoir. Je ne puis ni vous aimer ni vous estimer, c'est vous déclarer que nous ne sommes pas faits pour vivre ensemble. Je vous abandonne ma fortune, je n'en réclame qu'une partie suffisante pour ma subsistance étroite et celle de mon enfant. Ma mère est prévenue, j'ai un logement préparé chez elle, et vous permettrez que je l'aille occuper sur-le-champ. La seule grâce que je demande et que je suis en droit d'obtenir, c'est de m'épargner un éclat qui ne changerait pas mes desseins, et dont le seul effet serait d'accélérer la cruelle sentence que vous avez prononcée contre moi.

Soufrez que j'emporte mon enfant, et que j'attende à côté de ma mère qu'elle me ferme les yeux ou que je ferme les siens. Si vous avez de la peine, soyez sûr que ma douleur et le grand âge de ma mère la finiront bientôt… » Cependant les pleurs coulaient de tous les yeux ; les femmes lui tenaient les mains, les hommes s'étaient prosternés. Mais ce fut lorsque Mme de La Carlière s'avança vers la porte, tenant son enfant entre ses bras, qu'on entendit des sanglots et des cris. Le mari criait : Ma femme ! ma femme ! écoutez-moi. Vous ne savez pas… Les hommes criaient, les femmes criaient : Madame Desroches ! Madame !.. Le mari criait : Mes amis, la laisserez-vous aller ! Arrêtez-la, arrêtez-la donc ! Qu'elle m'entende, que je lui parle… Comme on le pressait de se jeter au-devant d'elle : Non, disait-il, je ne saurais, je n'oserais ; moi, porter une main sur elle ! la toucher ! je n'en suis pas digne… Mme de La Carlière partit. J'étais chez sa mère lorsqu'elle y arriva, brisée des efforts qu'elle s'était faits. Trois de ses domestiques l'avaient descendue de sa voiture et la portaient par la tête et par les pieds ; suivait la gouvernante, pâle comme la mort, avec l'enfant endormi sur son sein. On déposa cette malheureuse femme sur un lit de repos, où elle resta longtemps sans mouvement, sous les yeux de sa vieille et respectable mère, qui ouvrait la bouche sans crier, qui s'agitait autour d'elle, qui voulait secourir sa fille, et qui ne le pouvait. Enfin la connaissance lui revint ; et ses premiers mots, en levant les paupières, furent : Je ne suis donc pas morte ? C'est une chose bien douce que d'être morte. Ma mère, mettez-vous là, à côté de moi, et mourons toutes deux. Mais, si nous mourons, qui aura soin de ce pauvre enfant ?…

Alors elle prit les deux mains sèches et tremblantes de sa mère dans une des siennes, elle posa l'autre sur son enfant ; elle se mit à répandre un torrent de larmes : elle sanglotait, elle voulait se plaindre ; mais sa plainte et ses sanglots étaient interrompus d'un hoquet violent. Lorsqu'elle put articuler quelques paroles, elle dit : serait-il possible qu'il souffrît autant que moi !

Cependant on s'occupait à consoler Desroches et à lui persuader que le ressentiment d'une faute aussi légère que la sienne ne pourrait durer, mais qu'il fallait accorder quelques instants à l'orgueil d'une femme fière, sensible et blessée, et que la solennité d'une cérémonie extraordinaire engageait presque d'honneur à une démarche violente. C'est un peu notre faute, disaient les hommes… Vraiment oui, disaient les femmes, si nous eussions vu sa sublime momerie du même oeil que le public et la comtesse, rien de ce qui nous désole à présent ne serait arrivé… C'est que les choses d'un certain appareil nous en imposent, et que nous nous laissons aller à une sotte admiration lorsqu'il n'y aurait qu'à hausser les épaules et rire… Vous verrez, vous verrez le beau train que cette dernière scène va faire, et comme on nous y tympanisera tous… Entre nous cela prêtait…

De ce jour, Mme de La Carlière reprit son nom de veuve et ne souffrit jamais qu'on l'appelât Mme Desroches. Sa porte, longtemps fermée à tout le monde, le fut pour toujours à son mari. Il écrivit, on brûla ses lettres sans les ouvrir. Mme de La Carlière déclara à ses parents et à ses amis qu'elle cesserait de voir le premier qui intercéderait pour lui. Les prêtres s'en mêlèrent sans fruit ; pour les grands, elle rejeta leur médiation avec tant de hauteur qu'elle en fut bientôt délivrée.

— Ils dirent sans doute que c'était une impertinente, une prude renforcée.

— Et les autres le répétèrent tous d'après eux. Cependant elle était absorbée dans la mélancolie ; sa santé s'était détruite avec une rapidité inconcevable. Tant de personnes étaient confidentes de cette séparation inattendue et du motif singulier qui l'avait amenée, que ce fut bientôt l'entretien général. C'est ici que je vous prie de détourner vos yeux, s'il se peut, de Mme de La Carlière pour les fixer sur le public, sur cette foule imbécile qui nous juge, qui dispose de notre honneur, qui nous porte aux nues ou qui nous traîne dans la fange, et qu'on respecte d'autant plus qu'on a moins d'énergie et de vertu. Esclaves du public, vous pourrez être les fils adoptifs du tyran, mais vous ne verrez jamais le quatrième jour des Ides. Il n'y avait qu'un avis sur la conduite de Mme de La Carlière, c'était une folle à enfermer… Le bel exemple à donner et à suivre !… C'est à séparer les trois quarts des maris de leurs femmes… Les trois quarts, dites-vous ? Est-ce qu'il y en a deux sur cent qui soient fidèles à la rigueur ?… Mme de La Carlière est très aimable sans contredit ; elle avait fait ses conditions, d'accord ; c'est la beauté, la vertu, l'honnêteté même ; ajoutez que le chevalier lui doit tout ; mais aussi vouloir dans tout un royaume être l'unique à qui son mari s'en tienne strictement, la prétention est par trop ridicule… Et puis l'on continuait : Si le Desroches en est si féru, que ne s'adresse-t-il aux lois et que ne met-il cette femme à la raison ?… Jugez de ce qu'ils auraient dit, si Desroches ou son ami avait pu s'expliquer ; mais tout les réduisait au silence. Ces derniers propos furent inutilement rebattus aux oreilles du chevalier ; il eût tout mis en œuvre pour recouvrer sa femme, excepté la violence.

Cependant Mme de La Carlière était une femme vénérée, et du centre de ces voix qui la blâmaient il s'en élevait quelques-unes qui hasardaient un mot de défense, mais un mot bien timide, bien faible, bien réservé, moins de conviction que d'honnêteté.

— Dans les circonstances les plus équivoques, le parti de l'honnêteté se grossit sans cesse de transfuges.

— C'est bien vu.

— Le malheur qui dure réconcilie avec tous les hommes, et la perte des charmes d'une belle femme la réconcilie avec toutes les autres.

— Encore mieux. En effet, lorsque la belle Mme de La Carlière ne présenta plus que son squelette, le propos de la commisération se mêla à celui du blâme : S'éteindre à la fleur de son âge, passer ainsi, et cela par la trahison d'un homme qu'elle avait bien averti, qui devait la connaître, et qui n'avait qu'un seul moyen d'acquitter tout ce qu'elle avait fait pour lui ; car, entre nous, lorsque Desroches l'épousa, c'était un cadet de Bretagne qui n'avait que la cape et l'épée… La pauvre Mme de La Carlière ! cela est pourtant bien triste… Mais aussi pourquoi ne pas retourner avec lui ?… Ah ! pourquoi ? c'est que chacun a son caractère, et qu'il serait peut-être à souhaiter que celui-là fût plus commun ; nos seigneurs et maîtres y regarderaient à deux fois.

Tandis qu'on s'amusait ainsi pour et contre, en faisant du filet ou en brodant une veste, et que la balance penchait insensiblement en faveur de Mme de La Carlière, Desroches était tombé dans un état déplorable d'esprit et de corps, mais on ne le voyait pas ; il s'était retiré à la campagne, où il attendait dans la douleur et dans l'ennui un sentiment de pitié qu'il avait inutilement sollicité par toutes les voies de la soumission.

De son côté réduite au dernier degré d'appauvrissement et de faiblesse, Mme de La Carlière fut obligée de remettre à une mercenaire la nourriture de son enfant. L'accident qu'elle redoutait d'un changement de lait arriva ; de jour en jour l'enfant dépérit et mourut. Ce fut alors qu'on dit : Savez-vous ? cette pauvre Mme de La Carlière a perdu son enfant… Elle doit en être inconsolable… Qu'appelez-vous inconsolable ? c'est un chagrin qui ne se conçoit pas. Je l'ai vue, cela fait pitié ! on n'y tient pas… Et Desroches ?… Ne me parlez pas des hommes, ce sont des tigres. Si cette femme lui était un peu chère, est-ce qu'il serait à sa campagne ? est-ce qu'il n'aurait pas accouru ? est-ce qu'il ne l'obséderait pas dans les rues, dans les églises, à sa porte ? C'est qu'on se fait ouvrir une porte quand on le veut bien ; c'est qu'on y reste, qu'on y couche, qu'on y meurt… C'est que Desroches n'avait omis aucune de ces choses et qu'on l'ignorait ; car le point important n'est pas de savoir, mais de parler. On parlait donc : L'enfant est mort ; qui sait si ce n'aurait pas été un monstre comme son père ?… La mère se meurt… Et le mari que fait-il pendant ce temps-là ?… Belle question ! Le jour, il court la forêt à la suite de ses chiens, et il passe la nuit à crapuler avec des espèces comme lui.

— Fort bien.

— Autre événement. Desroches avait obtenu les honneurs de son état. Lorsqu'il épousa, Mme de La Carlière avait exigé qu'il quittât le service et qu'il cédât son régiment à son frère cadet.

— Est-ce que Desroches avait un cadet ?

— Non, mais bien Mme de La Carlière.

— Eh bien ?

— Eh bien, le jeune homme est tué à la première bataille, et voilà qu'on s'écrie de tous côtés : Le malheur est entré dans cette maison avec ce Desroches…

À les entendre, on eût cru que le coup dont le jeune officier avait été tué était parti de la main de Desroches. C'était un déchaînement, un déraisonnement aussi général qu'inconcevable. À mesure que les peines de Mme de La Carlière se succédaient, le caractère de Desroches se noircissait, sa trahison s'exagérait, et sans en être ni plus ni moins coupable, il en devenait de jour en jour plus odieux. Vous croyez que c'est tout ? non, non. La mère de Mme de La Carlière avait ses soixante et seize ans passés. Je conçois que la mort de son petit-fils et le spectacle assidu de la douleur de sa fille suffisaient pour abréger ses jours ; mais elle était décrépite, mais elle était infirme ; n'importe : on oublia sa vieillesse et ses infirmités, et Desroches fut encore responsable de sa mort. Pour le coup on trancha le mot, ce fut un misérable dont Mme de La Carlière ne pouvait se rapprocher sans fouler aux pieds toute pudeur ; le meurtrier de sa mère, de son frère, de son fils !

— Mais d'après cette belle logique si Mme de La Carlière fût morte, surtout après une maladie longue et douloureuse qui eût permis à l'injustice et à la haine publique de faire tous leurs progrès, ils auraient dû le regarder comme l'exécrable assassin de toute une famille.

— C'est ce qui arriva et ce qu'ils firent.

— Bon !

— Si vous ne m'en croyez pas, adressez-vous à quelques-uns de ceux qui sont ici, et vous verrez comment ils s'en expliqueront. S'il est resté seul dans le salon, c'est qu'au moment où il s'est présenté chacun lui a tourné le dos.

— Pourquoi donc ? On sait qu'un homme est un coquin, mais cela n'empêche pas qu'on ne l'accueille.

— L'affaire est un peu récente, et tous ces gens-là sont les parents ou les amis de la défunte.

Mme de La Carlière mourut la seconde fête de la Pentecôte dernière, et savez-vous où ? à Saint Eustache, à la messe de la paroisse, au milieu d'un peuple nombreux.

— Mais quelle folie ! on meurt dans son lit. Qui est-ce qui s'est jamais avisé de mourir à l'église ? Cette femme avait projeté d'être bizarre jusqu'au bout.

— Oui, bizarre, c'est le mot. Elle se trouvait un peu mieux ; elle s'était confessée la veille ; elle se croyait assez de force pour aller recevoir le sacrement à l'église, au lieu de l'appeler chez elle. On la porte dans une chaise. Elle entend l'office sans se plaindre et sans paraître souffrir. Le moment de la communion arrive ; ses femmes lui donnent le bras et la conduisent à la sainte table ; le prêtre la communie, elle s'incline comme pour se recueillir, et elle expire.

— Elle expire !

— Oui, elle expire bizarrement, comme vous l'avez dit.

— Et Dieu sait le tumulte !...

— Laissons cela, on le conçoit de reste, et venons à la suite.

— C'est que cette femme en devint cent fois plus intéressante et son mari cent fois plus abominable.

— Cela va sans dire.

— Et ce n'est pas tout ?

— Non. Le hasard voulut que Desroches se trouvât sur le passage de Mme de La Carlière lorsqu'on la transférait morte de l'église dans sa maison.

— Tout semble conspirer contre ce pauvre diable.

— Il approche, il reconnaît sa femme, il pousse des cris. On demande qui est cet homme. Du milieu de la foule il s'élève une voix indiscrète (c'était celle d'un prêtre de la paroisse), qui dit : C'est l'assassin de cette femme… Desroches ajoute, en se tordant les bras, en s'arrachant les cheveux : Oui, oui, je le suis… À l'instant, on s'attroupe autour de lui, on le charge d'imprécations, on ramasse des pierres, et c'était un homme assommé sur la place, si quelques honnêtes gens ne l'avaient sauvé de la fureur de la populace irritée.

— Et quelle avait été sa conduite pendant la maladie de sa femme ?

— Aussi bonne qu'elle pouvait l'être. Trompé, comme nous tous, par Mme de La Carlière qui dérobait aux autres et qui peut-être se dissimulait à elle-même sa fin prochaine…

— J'entends, il n'en fut pas moins un barbare, un inhumain.

— Une bête féroce qui avait enfoncé peu à peu un poignard dans le sein d'une femme divine, son épouse et sa bienfaitrice, et qu'il avait laissé périr, sans se montrer, sans donner le moindre signe d'intérêt et de sensibilité.

— Et cela pour n'avoir pas su ce qu'on lui cachait.

— Et ce qui était ignoré de ceux-mêmes qui vivaient autour d'elle.

— Et qui étaient à portée de la voir tous les jours.

— Précisément, et voilà ce que c'est que le jugement public de nos actions particulières. Voilà comme une faute légère…

— Ô très légère.

— S'aggrave à leurs yeux par une suite d'événements qu'il était de toute impossibilité de prévoir et d'empêcher.

— Même par des circonstances tout à fait étrangères à la première origine, telles que la mort du frère de Mme de La Carlière par la cession du régiment de Desroches.

— C'est qu'ils sont en bien comme en mal alternativement panégyristes ridicules ou censeurs absurdes ; l'événement est toujours la mesure de leur éloge et de leur blâme. Mon ami, écoutez-les, s'ils ne vous ennuient pas, mais ne les croyez point et ne les répétez jamais, sous peine d'appuyer une impertinence de la vôtre. À quoi pensez-vous donc ? vous rêvez.

— Je change la thèse, en supposant un procédé plus ordinaire à Mme de La Carlière. Elle trouve les lettres ; elle boude. Au bout de quelques jours l'humeur amène une explication et l'oreiller un raccommodement, comme c'est l'usage. Malgré les excuses, les protestations et les serments renouvelés, le caractère léger de Desroches le rentraîne dans une seconde erreur ; autre bouderie, autre explication, autre raccommodement, autres serments, autres parjures, et ainsi de suite pendant une trentaine d'années, comme c'est l'usage. Cependant Desroches est un galant homme, qui s'occupe à réparer, par des égards multipliés, par une complaisance sans bornes, une assez petite injure.

— Comme il n'est pas toujours d'usage.

— Point de séparation, point d'éclat ; ils vivent ensemble comme nous vivons tous ; et la belle-mère, et la mère, et le frère, et l'enfant, seraient morts qu'on n'en aurait pas sonné le mot.

— Ou qu'on n'en aurait parlé que pour plaindre un infortuné poursuivi par le sort et accablé de malheurs.

— Il est vrai.

— D'où je conclus que vous n'êtes pas loin d'accorder à cette vilaine bête, à cent mille mauvaises têtes et à autant de mauvaises langues, tout le mépris qu'elles méritent. Mais tôt ou tard le sens commun lui revient, et le discours de l'avenir rectifie le bavardage du présent.

— Ainsi vous croyez qu'il y aura un moment où la chose sera vue telle qu'elle est, Mme de La Carlière accusée et Desroches absous ?

— Je ne pense pas même que ce moment soit éloigné. Premièrement, parce que les absents ont tort et qu'il n'y a pas d'absent plus absent qu'un mort. Secondement, c'est qu'on parle, on dispute, les aventures les plus usées reparaissent en conversation et sont pesées avec moins de partialité. C'est qu'on verra peut-être encore dix ans ce pauvre Desroches, comme vous l'avez vu, traînant de maison en maison sa malheureuse existence ; qu'on se rapprochera de lui, qu'on l'interrogera, qu'on l'écoutera, qu'il n'aura plus aucune raison de se taire, qu'on saura le fond de son histoire, qu'on réduira sa première sottise à rien.

— À ce qu'elle vaut.

— Et que nous sommes assez jeunes tous deux pour entendre traiter la belle, la grande, la vertueuse, la digne Mme de La Carlière d'inflexible et hautaine bégueule ; car ils se poussent tous les uns les autres, et comme ils n'ont point de règles dans leurs jugements, ils n'ont pas plus de mesure dans leur expression.

— Mais si vous aviez une fille à marier, la donneriez-vous à Desroches ?

— Sans délibérer ; parce que le hasard l'avait engagé dans un de ces pas glissants dont ni vous, ni moi, ni personne ne peut se promettre de se tirer ; parce que l'amitié, l'honnêteté, la bienfaisance, toutes les circonstances possibles, avaient préparé sa faute et son excuse ; parce que la conduite qu'il a tenue, depuis sa séparation volontaire d'avec sa femme, a été irrépréhensible, et que, sans approuver les maris infidèles, je ne prise pas autrement les femmes qui mettent tant d'importance à cette rare qualité. Et puis j'ai mes idées, peut-être justes, à coup sûr bizarres, sur certaines actions, que je regarde moins comme des vices de l'homme que comme des conséquences de nos législations absurdes, sources de mœurs aussi absurdes qu'elles, et d'une dépravation que j'appellerais volontiers artificielle. Cela n'est pas trop clair, mais cela s'éclaircira peut-être une autre fois. Et regagnons notre gîte ; j'entends d'ici les cris enroués de deux ou trois de nos vieilles brelandières qui vous appellent, sans compter que voilà le jour qui tombe et la nuit qui s'avance avec ce nombreux cortège d'étoiles que je vous avais promis.

— Il est vrai.

# Entretien d’un philosophe avec la maréchale de ***

L’Entretien d’un Philosophe avec la Maréchale de *** fut publié pour la première fois dans la Correspondance secrète de Métra (numéro du 23 juillet 1776). Diderot (1713-1784) avait alors 63 ans et l’entretien « si on le replace à sa date, a dit André Lefèvre, apparaît comme la conclusion sereine, tolérante et narquoise, d’une longue expérience… Jamais la démolition de la morale révélée et de l’échafaudage métaphysique n’a été exécutée d’une main plus correcte et plus ferme ».

On s’étonnera sans doute des dernières paroles que Diderot met dans la bouche de l’athée Crudeli et qui semblent renier tout ce qu’il a dit précédemment. Mais n’oublions pas que cet admirable dialogue fut écrit en 1776, près de vingt ans avant la Révolution, et que sans ces deux petites phrases, mises là pour faire passer le reste, il n’aurait, très probablement, pas pu être imprimé.

J’avais je ne sais quelle affaire à traiter avec le maréchal de *** ; j’allais à son hôtel un matin ; il était absent ; je me fis annoncer à madame la maréchale. C’est une femme charmante ; elle est belle et dévote comme un ange ; elle a la douceur peinte sur son visage ; et puis, un son de voix et une naïveté de discours tout à fait avenants à sa physionomie. Elle était à sa toilette. On m’approche un fauteuil ; je m’assieds, et nous causons. Sur quelques propos de ma part, qui l’édifièrent et qui la surprirent (car elle était dans l’opinion que celui qui nie la très sainte Trinité est un homme de sac et de corde, qui finira par être pendu), elle me dit :

— N’êtes-vous pas monsieur Crudeli ?

— Oui, madame.

— C'est donc vous qui ne croyez rien ?

— Moi-même.

— Cependant votre morale est d'un croyant.

— Pourquoi non, quand il est honnête homme ?

— Et cette morale-là, vous la pratiquez ?

— De mon mieux.

— Quoi ! vous ne volez point, vous ne tuez point, vous ne pillez point ?

— Très rarement.

— Que gagnez-vous à ne pas croire ?

— Rien du tout, madame la maréchale. Est-ce qu'on croit parce qu'il y a quelque chose à gagner ?

— Je ne sais ; mais la raison d'intérêt ne gâte rien aux affaires de ce monde ni de l'autre.

— J'en suis un peu fâché pour notre pauvre espèce humaine. Nous n'en valons pas mieux.

— Quoi ! vous ne volez point ?

— Non, d'honneur.

— Si vous n'êtes ni voleur ni assassin, convenez du moins que vous n'êtes pas conséquent.

— Pourquoi donc ?

— C'est qu'il me semble que si je n'avais rien à espérer ni à craindre quand je n'y serai plus, il y a bien des petites douceurs dont je ne me sèvrerais pas, à présent que j'y suis. J'avoue que je prête à Dieu à la petite semaine.

— Vous l'imaginez ?

— Ce n'est point une imagination, c'est un fait.

— Et pourrait-on vous demander quelles sont ces choses que vous vous permettriez si vous étiez incrédule ?

— Non pas, s'il vous plaît ; c'est un article de ma confession.

— Pour moi, je mets à fonds perdu.

— C'est la ressource des gueux.

— M'aimeriez-vous mieux usurier ?

— Mais oui : on peut faire de l'usure avec Dieu tant qu'on veut ; on ne le ruine pas. Je sais bien que cela n'est pas délicat, mais qu'importe ? Comme le point est d'attraper le ciel, ou d'adresse ou de force, il faut tout porter en ligne de compte, ne négliger aucun profit. Hélas ! nous aurons beau faire, notre mise sera toujours bien mesquine en comparaison de la rentrée que nous attendons. Et vous n'attendez rien, vous ?

— Rien.

— Cela est triste. Convenez donc que vous êtes méchant ou bien fou !

— En vérité, je ne saurais, madame la maréchale.

— Quel motif peut avoir un incrédule d'être bon, s'il n'est pas fou ? Je voudrais bien le savoir.

— Et je vais vous le dire.

— Vous m'obligerez.

— Ne pensez-vous pas qu'on peut être si heureusement né qu'on trouve un grand plaisir à faire le bien ?

— Je le pense.

— Qu'on peut avoir reçu une excellente éducation qui fortifie le penchant naturel à la bienfaisance ?

— Assurément.

— Et que, dans un âge plus avancé, l'expérience nous ait convaincus qu'à tout prendre il vaut mieux, pour son bonheur dans ce monde, être un honnête homme qu'un coquin ?

— Oui-dà ; mais comment est-on un honnête homme, lorsque de mauvais principes se joignent aux passions pour entraîner au mal ?

— On est inconséquent ; et y a-t-il rien de plus commun que d'être inconséquent ?

— Hélas ! malheureusement non : on croit, et tous les jours, on se conduit comme si l'on ne croyait pas.

— Et sans croire, on se conduit à peu près comme si l'on croyait.

— À la bonne heure ; mais quel inconvénient y aurait-il à avoir une raison de plus, la religion, pour faire le bien, et une raison de moins, l'incrédulité, pour mal faire.

— Aucun, si la religion était un motif de faire le bien, et l'incrédulité un motif de faire le mal.

— Est-ce qu'il y a quelque doute là-dessus ? Est-ce que l'esprit de religion n'est pas de contrarier cette vilaine nature corrompue ; et celui de l'incrédulité, de l'abandonner à sa malice, en l'affranchissant de la crainte ?

— Ceci, madame la maréchale, va nous jeter dans une longue discussion.

— Qu'est-ce que cela fait ? Le maréchal ne rentrera pas sitôt ; et il vaut mieux que nous parlions raison, que de médire de notre prochain.

— Il faudra que je reprenne les choses d'un peu haut.

— De si haut que vous voudrez, pourvu que je vous entende.

— Si vous ne m'entendiez pas, ce serait bien ma faute.

— Cela est poli ; mais il faut que vous sachiez que je n'ai jamais lu que mes Heures, et que je ne suis guère occupée qu'à pratiquer l'Évangile et à faire des enfants.

— Ce sont deux devoirs dont vous vous êtes bien acquittée.

— Oui, pour les enfants. J'en ai six tout venus et un septième qui frappe à la porte : mais commencez.

— Madame la maréchale, y a-t-il quelque bien, dans ce monde-ci, qui soit sans inconvénient ?

— Aucun.

— Et quelque mal qui soit sans avantage ?

— Aucun.

— Qu'appelez-vous donc mal ou bien ?

— Le mal, ce sera ce qui a le plus d'inconvénients que d'avantages ; et le bien, au contraire, ce qui a plus d'avantages que d'inconvénients.

— Madame la maréchale aura-t-elle la bonté de se souvenir de sa définition du bien et du mal ?

— Je m'en souviendrai. Vous appelez cela une définition ?

— Oui.

— C'est donc de la philosophie ?

— Excellente.

— Et j'ai fait de la philosophie !

— Ainsi, vous êtes persuadée que la religion a plus d'avantages que d'inconvénients ; et c'est pour cela que vous l'appelez un bien ?

— Oui.

— Pour moi, je ne doute point que votre intendant ne vous vole un peu moins la veille de Pâques que le lendemain des fêtes ; et que de temps en temps la religion n'empêche nombre de petits maux et ne produise nombre de petits biens.

— Petit à petit, cela fait somme.

— Mais croyez-vous que les terribles ravages qu'elle a causés dans les temps passés, et qu'elle causera dans les temps à venir, soient suffisamment compensés par ces guenilleux avantages-là ? Songez qu'elle a créé et qu'elle perpétue la plus violente antipathie entre les nations. Il n'y a pas un musulman qui n'imaginât faire une action agréable à Dieu et au saint Prophète, en exterminant tous les chrétiens, qui, de leur côté, ne sont guère plus tolérants. Songez qu'elle a créé et qu'elle perpétue, dans une même contrée, des divisions qui se sont rarement éteintes sans effusion de sang. Notre histoire ne nous en offre que de trop récents et de trop funestes exemples. Songez qu'elle a créé et qu'elle perpétue, dans la société entre les citoyens, et dans la famille entre les proches, les haines les plus fortes et les plus constantes. Le Christ a dit qu'il était venu pour séparer l'époux de la femme, la mère de ses enfants, le frère de la sœur, l'ami de l'ami ; et sa prédiction ne s'est que trop fidèlement accomplie.

— Voilà bien les abus ; mais ce n'est pas la chose.

— C'est la chose, si les abus en sont inséparables.

— Et comment me montrerez-vous que les abus de la religion sont inséparables de la religion ?

— Très aisément ; dites-moi, si un misanthrope s'était proposé de faire le malheur du genre humain, qu'aurait-il pu inventer de mieux que la croyance en un être incompréhensible sur lequel les hommes n'auraient jamais pu s'entendre, et auquel ils auraient attaché plus d'importance qu'à leur vie ? Or, est-il possible de séparer de la notion d'une divinité l'incompréhensibilité la plus profonde et l'importance la plus grande ?

— Non.

— Concluez donc.

— Je conclus que c'est une idée qui n'est pas sans conséquence dans la tête des fous.

— Et ajoutez que les fous ont toujours été et seront toujours le plus grand nombre ; et que les plus dangereux sont ceux que la religion fait, et dont les perturbateurs de la société savent tirer bon parti dans l'occasion.

— Mais il faut quelque chose qui effraie les hommes sur les mauvaises actions qui échappent à la sévérité des lois ; et si vous détruisez la religion, que lui substituerez-vous ?

— Quand je n'aurais rien à mettre à la place, ce serait toujours un terrible préjugé de moins ; sans compter que, dans aucun siècle et chez aucune nation, les opinions religieuses n'ont servi de base aux mœurs nationales. Les dieux qu'adoraient ces vieux Grecs et ces vieux Romains, les plus honnêtes gens de la terre, étaient la canaille la plus dissolue : un Jupiter, à brûler tout vif ; une Vénus, à enfermer à l'Hôpital ; un Mercure, à mettre à Bicêtre.

— Et vous pensez qu'il est tout à fait indifférent que nous soyons chrétiens ou païens ; que païens, nous n'en vaudrions pas mieux ; et que chrétiens, nous n'en valons pas mieux.

— Ma foi, j'en suis convaincu, à cela près que nous serions un peu plus gais.

— Cela ne se peut.

— Mais, madame la maréchale, est-ce qu'il y a des chrétiens ? Je n'en ai jamais vu.

— Et c'est à moi que vous dites cela, à moi ?

— Non, madame, ce n'est pas à vous ; c'est à une de mes voisine qui est honnête et pieuse comme vous l'êtes, et qui se croyait chrétienne de la meilleure foi du monde, comme vous le croyez.

— Et vous lui fîtes voir qu'elle avait tort ?

— En un instant.

— Comment vous y prîtes-vous ?

— J'ouvris un Nouveau Testament, dont elle s'était beaucoup servie, car il était fort usé. Je lui lus le sermon sur la montagne, et à chaque article je lui demandai : « Faites-vous cela ? et cela donc ? et cela encore ? » J'allai plus loin. Elle est belle, et quoiqu'elle soit très sage et très dévote, elle ne l'ignore pas ; elle a la peau très blanche, et quoiqu'elle n'attache pas un grand prix à ce frêle avantage, elle n'est pas fâchée qu'on en fasse l'éloge ; elle a la gorge aussi bien qu'il est possible de l'avoir, et, quoiqu'elle soit très modeste, elle trouve bon qu’on s’en aperçoive.

— Pourvu qu’il n’y ait qu’elle et son mari qui le sachent.

— Je crois que son mari le sait mieux qu’un autre ; mais pour une femme qui se pique de grand christianisme, cela ne suffit pas. Je lui dis : « N’est-il pas écrit dans l’Évangile que celui qui a convoité la femme de son prochain a commis l’adultère dans son cœur ? »

— Elle vous répondit qu’oui ?

— Je lui dit : « Et l’adultère commis dans le cœur ne damne-t-il pas aussi sûrement que l’adultère le mieux conditionné ? »

— Elle vous répondit encore qu’oui ?

— Je lui dis : « Et si l’homme est damné pour l’adultère qu’il a commis dans son cœur, quel sera le sort de la femme qui invite tous ceux qui l’approchent à commettre ce crime ? » Cette dernière question l’embarrassa.

— Je comprends ; c’est qu’elle ne voilait pas fort exactement cette gorge, qu’elle avait aussi bien qu’il est possible de l’avoir.

— Il est vrai. Elle me répondit que c’était une chose d’usage ; comme si rien n’était plus d’usage que de s’appeler chrétien et de ne l’être pas ; qu’il ne fallait pas se vêtir ridiculement, comme s’il y avait quelque com-paraison à faire entre un misérable petit ridicule, sa damnation éternelle et celle de son prochain ; qu’elle se laissait habiller par sa couturière, comme s’il ne valait pas mieux changer de couturière que renoncer à sa religion ; que c’était la fantaisie de son mari, comme si un époux était assez insensé pour exiger de sa femme l’oubli de la décence et de ses devoirs, et qu’une véritable chrétienne dût pousser l’obéissance pour un époux extravagant, jusqu’au sacrifice de la volonté de son Dieu et au mépris des menaces de son rédempteur.

— Je savais d’avance toutes ces puérilités-là ; je vous les aurais peut-être dites comme votre voisine : mais elle et moi nous aurions été toutes deux de mauvaise foi. Mais quel parti prit-elle d’après votre remon-trance ?

— Le lendemain de cette conversation (c’était un jour de fête), je remontais chez moi, et ma dévote et belle voisine descendait de chez elle pour aller à la messe.

— Vêtue comme de coutume ?

— Vêtue comme de coutume. Je souris, elle sourit ; et nous passâmes l'un à côté de l'autre sans nous parler. Madame la maréchale, une honnête femme ! une chrétienne ! une dévote ! Après cet exemple, et cent mille autres de la même espèce, quelle influence réelle puis-je accorder à la religion sur les mœurs ? Presque aucune, et tant mieux.

— Comment, tant mieux ?

— Oui, madame : s'il prenait fantaisie à vingt mille habitants de Paris de conformer strictement leur conduite au sermon sur la montagne…

— Eh bien ! il y aurait quelques belles gorges plus couvertes.

— Et tant de fous que le lieutenant de police ne saurait qu'en faire ; car nos petites-maisons n'y suffiraient pas. Il y a dans les livres inspirés deux morales : l'une générale et commune à toutes les nations, à tous les cultes, et qu'on suit à peu près ; une autre, propre à chaque nation et à chaque culte, à laquelle on croit, qu'on prêche dans les temples, qu'on préconise dans les maisons, et qu'on ne suit point du tout.

— Et d'où vient cette bizarrerie ?

— De ce qu'il est impossible d'assujettir un peuple à une règle qui ne convient qu'à quelques hommes mélancoliques, qui l'ont calquée sur leur caractère. Il en est des religions comme des constitutions monastiques, qui toutes se relâchent avec le temps. Ce sont des folies qui ne peuvent tenir contre l'impulsion constante de la nature, qui nous ramène sous sa loi.

Et faites que le bien des particuliers soit si étroitement lié avec le bien général, qu'un citoyen ne puisse presque pas nuire à la société sans se nuire à lui-même ; assurez à la vertu sa récompense, comme vous avez assuré à la méchanceté son châtiment ; que sans aucune distinction de culte, dans quelque condition que le mérite se trouve, il conduise aux grandes places de l'État ; et ne comptez plus sur d'autres méchants que sur un petit nombre d'hommes, qu'une nature perverse que rien ne peut corriger entraîne au vice. Madame la maréchale, la tentation est trop proche ; et l'enfer est trop loin : n'attendez rien qui vaille la peine qu'un sage législateur s'en occupe, d'un système d'opinions bizarres qui n'en impose qu'aux enfants ;

qui encourage au crime par la commodité des expiations ; qui envoie le coupable demander pardon à Dieu de l'injure faite à l'homme, et qui avilit l'ordre des devoirs naturels et moraux, en le subordonnant à un ordre de devoirs chimériques.

— Je ne vous comprends pas.

— Je m'explique : mais il me semble que voilà le carrosse de M. le maréchal, qui rentre fort à propos pour m'empêcher de dire des sottises.

— Dites, dites votre sottise, je ne l'entendrai pas ; je me suis accoutumée à n'entendre que ce qui me plaît.

Je m'approchai de son oreille et je lui dis tout bas :

— Madame la maréchale, demandez au vicaire de votre paroisse, de ces deux crimes, pisser dans un vase sacré, ou noircir la réputation d'une femme honnête, quel est le plus atroce ? Il frémira d'horreur au premier, criera au sacrilège ; et la loi civile, qui prend à peine connaissance de la calomnie, tandis qu'elle punit le sacrilège par le feu, achèvera de brouiller les idées et de corrompre les esprits.

— Je connais plus d'une femme qui se ferait un scru-pule de manger gras le vendredi, et qui... j'allais dire aussi ma sottise. Continuez.

— Mais, madame, il faut absolument que je parle à M. le maréchal.

— Encore un moment, et puis nous l'irons voir ensemble. Je ne sais trop que vous répondre, et cependant vous ne me persuadez pas.

— Je ne me suis pas proposé de vous persuader. Il en est de la religion comme du mariage. Le mariage, qui fait le malheur de tant d'autres, a fait votre bonheur et celui de M. le maréchal ; vous avez bien fait de vous marier tous les deux. La religion, qui a fait, qui fait et qui fera tant de méchants, vous a rendue meilleure encore ; vous faites bien de la garder. Il vous est doux d'imaginer à côté de vous, au-dessus de votre tête, un être grand et puissant, qui vous voit marcher sur la terre, et cette idée affermit vos pas. Continuez, madame, à jouir de ce garant auguste de vos pensées, de ce spectateur, de ce modèle sublime de vos actions.

— Vous n'avez pas, à ce que je vois, la manie du prosélytisme.

— Aucunement.

— Je vous en estime davantage.

— Je permets à chacun de penser à sa manière, pourvu qu'on me laisse penser à la mienne ; et puis, ceux qui sont faits pour se délivrer de ces préjugés n'ont guère besoin qu'on les catéchise.

— Croyez-vous que l'homme puisse se passer de superstition ?

— Non, tant qu'il restera ignorant et peureux.

— Eh bien ! superstition pour superstition, autant la nôtre qu'une autre.

— Je ne le pense pas.

— Parlez-moi vrai, ne vous répugne-t-il point de n'être plus rien après votre mort ?

— J'aimerais mieux exister, bien que je ne sache pas pourquoi un être, qui a pu me rendre malheureux sans raison, ne s'en amuserait pas deux fois.

— Si, malgré cet inconvénient, l'espoir d'une vie à venir vous paraît consolant et doux, pourquoi vous l'arracher ?

— Je n'ai pas cet espoir, parce que le désir ne m'en a point dérobé la vanité ; mais je ne l'ôte à personne. Si l'on peut croire qu'on verra, quand on n'aura plus d'yeux ; qu'on entendra, quand on n'aura plus d'oreilles ; qu'on pensera, quand on n'aura plus de tête ; qu'on sentira, quand on n'aura plus de sens ; qu'on aimera, quand on n'aura plus de cœur ; qu'on existera, quand on ne sera nulle part ; qu'on sera quelque chose, sans étendue et sans lieu, j'y consens.

— Mais ce monde-ci, qui est-ce qui l'a fait ?

— Je vous le demande.

— C'est Dieu.

— Et qu'est-ce que Dieu ?

— Un esprit.

— Si un esprit fait de la matière, pourquoi de la matière ne ferait-elle pas un esprit ?

— Et pourquoi le ferait-elle ?

— C'est que je lui en vois faire tous les jours.

Croyez-vous que les bêtes aient des âmes ?

— Certainement, je le crois.

— Et pourriez-vous me dire ce que devient, par exemple, l'âme du serpent du Pérou, pendant qu'il se dessèche, suspendu à une cheminée, et exposé à la fumée un ou deux ans de suite ?

— Qu'elle devienne ce qu'elle voudra, qu'est-ce que cela me fait ?

— C'est que madame la maréchale ne sait pas que ce serpent enfumé, desséché, ressuscite et renaît.

— Je n'en crois rien.

— C'est pourtant un habile homme, c'est Bouguer, qui l'assure.

— Votre habile homme en a menti.

— S'il avait dit vrai ?

— J'en serais quitte pour croire que les animaux sont des machines.

— Et l'homme qui n'est qu'un animal un peu plus parfait qu'un autre… Mais, M. le maréchal…

— Encore une question, et c'est la dernière. Êtes-vous bien tranquille dans votre incrédulité ?

— On ne saurait davantage.

— Pourtant, si vous vous trompiez ?

— Quand je me tromperais ?

— Tout ce que vous croyez faux serait vrai, et vous seriez damné. Monsieur Crudeli, c'est une terrible chose que d'être damné ; brûler toute une éternité, c'est bien long.

— La Fontaine croyait que nous y serions comme le poisson dans l'eau.

— Oui, oui ; mais votre La Fontaine devint bien sé-rieux au dernier moment ; et c'est où je vous attends.

— Je ne réponds de rien, quand ma tête n'y sera plus ; mais si je finis par une de ces maladies qui laissent à l'homme agonisant toute sa raison, je ne serai pas plus troublé au moment où vous m'attendez qu'au moment où vous me voyez.

— Cette intrépidité me confond.

— J'en trouve bien davantage au moribond qui croit en un juge sévère qui pèse jusqu'à nos plus secrètes pensées, et dans la balance duquel l'homme le plus juste se perdrait par sa vanité, s'il ne tremblait de se trouver trop léger : si ce moribond avait alors à son choix, ou d'être anéanti, ou de se présenter à ce tribunal, son intrépidité me confondrait bien autrement, s'il balançait à prendre le premier parti, à moins qu'il ne fût plus insensé que le compagnon de saint Bruno ou plus ivre de son mérite que Bobola.

— J'ai lu l'histoire de l'associé de saint Bruno ; mais je n'ai jamais entendu parler de votre Bobola.

— C'est un jésuite du collège de Pinsk, en Lithuanie, qui laissa en mourant une cassette pleine d'argent, avec un billet écrit et signé de sa main.

— Et ce billet ?

— Était conçu en ces termes : « Je prie mon cher confrère, dépositaire de cette cassette, de l'ouvrir quand j'aurai fait des miracles.

L'argent qu'elle contient servira aux frais du procès de ma béatification. J'y ai ajouté quelques mémoires authentiques pour la confirmation de mes vertus, et qui pourront servir utilement à ceux qui entreprendront d'écrire ma vie. »

— Cela est à mourir de rire.

— Pour moi, madame la maréchale ; mais pour vous, votre Dieu n'entend pas raillerie.

— Vous avez raison.

— Madame la maréchale, il est bien facile de pécher grièvement contre votre loi.

— J'en conviens.

— La justice qui décidera de votre sort est bien rigoureuse.

— Il est vrai.

— Et si vous en croyez les oracles de votre religion sur le nombre des élus, il est bien petit.

— Oh ! c'est que je ne suis pas janséniste ; je ne vois la médaille que par son revers consolant : le sang de Jésus-Christ couvre un grand espace à mes yeux ; et il me semblerait très singulier que le diable, qui n'a pas livré son fils à la mort, eût pourtant la meilleure part.

— Damnez-vous Socrate, Phocion, Aristide, Caton, Trajan, Marc-Aurèle ?

— Fi donc ! Il n'y a que les bêtes féroces qui puissent le penser. Saint Paul a dit que chacun sera jugé par la loi qu'il a connue ; et saint Paul a raison.

— Et par quelle loi l'incrédule sera-t-il jugé ?

— Votre cas est un peu différent.

Vous êtes un de ces habitants maudits de Corozaïn et de Betzaïda, qui fermèrent leurs yeux à la lumière qui les éclairait, et qui étoupèrent leurs oreille pour ne pas entendre la voix de la vérité qui leur parlait.

— Madame la maréchale, ces Corozaïnois et ces Betzaïdains furent des hommes comme il n'y en eut jamais que là, s'ils furent maîtres de croire ou de ne pas croire.

— Ils virent des prodiges qui auraient mis l'enchère aux sacs et à la cendre, s'ils avaient été faits à Tyr et à Sidon.

— C'est que les habitants de Tyr et de Sidon étaient des gens d'esprit, et que eux de Corozaïn et de Betzaïda n'étaient que des sots. Mais, est-ce que celui qui fit les sots les punira pour avoir été sots ? Je vous ai fait tout à l'heure une histoire, et il me prend envie de vous faire un conte. Un jeune Mexicain… Mais, M. le maréchal ?

— Je vais envoyer savoir s'il est visible. Eh bien ! votre jeune Mexicain ?

— Las de son travail, se promenait un jour au bord de la mer. Il voit une planche qui trempait d'un bout dans les eaux, et qui de l'autre posait sur le rivage. Il s'assied sur cette planche, et là, prolongeant ses regards sur la vaste étendue qui se déployait devant lui, il se disait : Rien n'est plus vrai que ma grand'mère radote avec son histoire de je ne sais quels habitants qui, dans je ne sais quel temps, abordèrent ici de je ne sais où, d'une contrée au-delà de nos mers. Il n'y a pas le sens commun : ne vois-je pas la mer confiner avec le ciel ? Et puis-je croire, contre le témoignage de mes sens, une vieille fable dont on ignore la date, que chacun arrange à sa manière, et qui n'est qu'un tissu de circonstances absurdes, sur lesquelles ils se mangent le cœur et s'arrachent le blanc des yeux ?

Tandis qu'il raisonnait ainsi, les eaux agitées le berçaient sur sa planche, et il s'endormit. Pendant qu'il dort, le vent s'accroît, le flot soulève la planche sur laquelle il est étendu, et voilà notre jeune raisonneur embarqué.

— Hélas ! c'est bien là notre image : nous sommes chacun sur notre planche ; le vent souffle, et le flot nous emporte.

— Il était déjà loin du continent lorsqu'il s'éveilla. Qui fut bien surpris de se trouver en pleine mer ? ce fut notre Mexicain. Qui le fut encore bien davantage ? ce fut encore lui, lorsqu'ayant perdu de vue le rivage sur lequel il se promenait il n'y a pas un instant, la mer lui parut confiner avec le ciel de tous côtés. Alors il soupçonna qu'il pouvait bien s'être trompé ; et que, si le vent restait au même point, peut-être serait-il porté sur la rive, et parmi ces habitants dont sa grand'mère l'avait si souvent entretenu.

— Et de son souci, vous ne m'en dites mot.

— Il n'en eut point. Il se dit : Qu'est-ce que cela me fait, pourvu que j'aborde ? J'ai raisonné comme un étourdi, soit ; mais j'ai été sincère avec moi-même ; et c'est tout ce qu'on peut exiger de moi. Si ce n'est pas une vertu que d'avoir de l'esprit, ce n'est pas un crime que d'en manquer. Cependant le vent continuait, l'homme et la planche voguaient, et la rive inconnue commençait à paraître : il y touche, et l'y voilà.

— Nous nous y reverrons un jour, monsieur Crudeli.

— Je le souhaite, madame la maréchale ; en quelque endroit que ce soit, je serai toujours très flatté de vous faire ma cour.

À peine eut-il quitté sa planche, et mis le pied sur le sable, qu'il aperçut un vieillard vénérable, debout à ses côtés. Il lui demanda où il était, et à qui il avait l'honneur de parler. « Je suis le souverain de la contrée », lui répondit le vieillard. À l'instant le jeune homme se prosterne. « Relevez-vous, lui dit le vieillard. Vous avez nié mon existence ?

— Il est vrai.

— Et celle de mon empire ?

— Il est vrai.

— Je vous pardonne, parce que je suis celui qui voit le fond des cœurs, et que j'ai lu au fond du vôtre que vous étiez de bonne foi ; mais le reste de vos pensées et de vos actions n'est pas également innocent. » Alors le vieillard, qui le tenait par l'oreille, lui rappelait toutes les erreurs de sa vie ; et, à chaque article, le jeune Mexicain s'inclinait, se frappait la poitrine, et demandait pardon… Là, madame la maréchale, mettez-vous pour un moment à la place du vieillard, et dites-moi ce que vous auriez fait ? Auriez-vous pris ce jeune insensé par les cheveux ; et vous seriez-vous complu à le traîner à toute éternité sur le rivage ?

— En vérité, non.

— Si un de ces six jolis enfants que vous avez, après s'être échappé de la maison paternelle et avoir fait force sottises, y revenait bien repentant ?

— Moi, je courrais à sa rencontre ; je le serrerais entre mes bras, et je l'arroserais de mes larmes ; mais M. le maréchal son père ne prendrait pas la chose si doucement.

— M. le maréchal n'est pas un tigre.

— Il s'en faut bien.

— Il se ferait peut-être un peu tirailler ; mais il pardonnerait.

— Certainement.

— Surtout s'il venait à considérer qu'avant de donner la naissance à cet enfant, il en savait toute la vie, et que le châtiment de ses fautes serait sans aucune utilité ni pour lui-même, ni pour le coupable, ni pour ses frères.

— Le vieillard et M. le maréchal sont deux.

— Voulez-vous dire que M. le maréchal est meilleur que le vieillard ?

— Dieu m'en garde ! Je veux dire que, si ma justice n'est pas celle de M. le maréchal, la justice de M. le maréchal pourrait bien n'être pas celle du vieillard.

— Ah ! madame ! vous ne sentez pas les suites de cette réponse. Ou la définition générale convient également à vous, à M. le maréchal, à moi, au jeune Mexicain et au vieillard ; ou je ne sais plus ce que c'est, et j'ignore comment on plaît ou l'on déplaît à ce dernier.

Nous en étions là lorsqu'on nous avertit que M. le maréchal nous attendait. Je donnai la main à Mme la maréchale, qui me disait : « C'est la bouteille à l'encre, n'est-ce pas ? »

— Il est vrai.

— Après tout, le plus court est de se conduire comme si le vieillard existait… même quand on n'y croit pas.

— Et quand on y croit, de ne pas trop compter sur sa miséricorde. Saint-Nicolas, nage toujours et ne t'y fie pas.

— C'est le plus sûr… À propos, si vous aviez à rendre compte de vos principes à nos magistrats, les avoueriez-vous ?

— Je ferais de mon mieux pour leur épargner une action atroce.

— Ah ! le lâche ! Et si vous touchiez à votre dernière heure, vous soumettriez-vous aux cérémonies de l'Église ?

— Je n'y manquerais pas.

— Fi ! le vilain hypocrite.

# Sources

Denis Diderot, *Les deux amis de Bourbonne et autres contes*, édition présentée, établie et annotée par Michel Delon, Gallimard, 2002, Collection Folio.

Denis Diderot, *Entretien d'un philosophe avec la maréchale de* ***, les Temps Nouveaux, Paris, 1905.